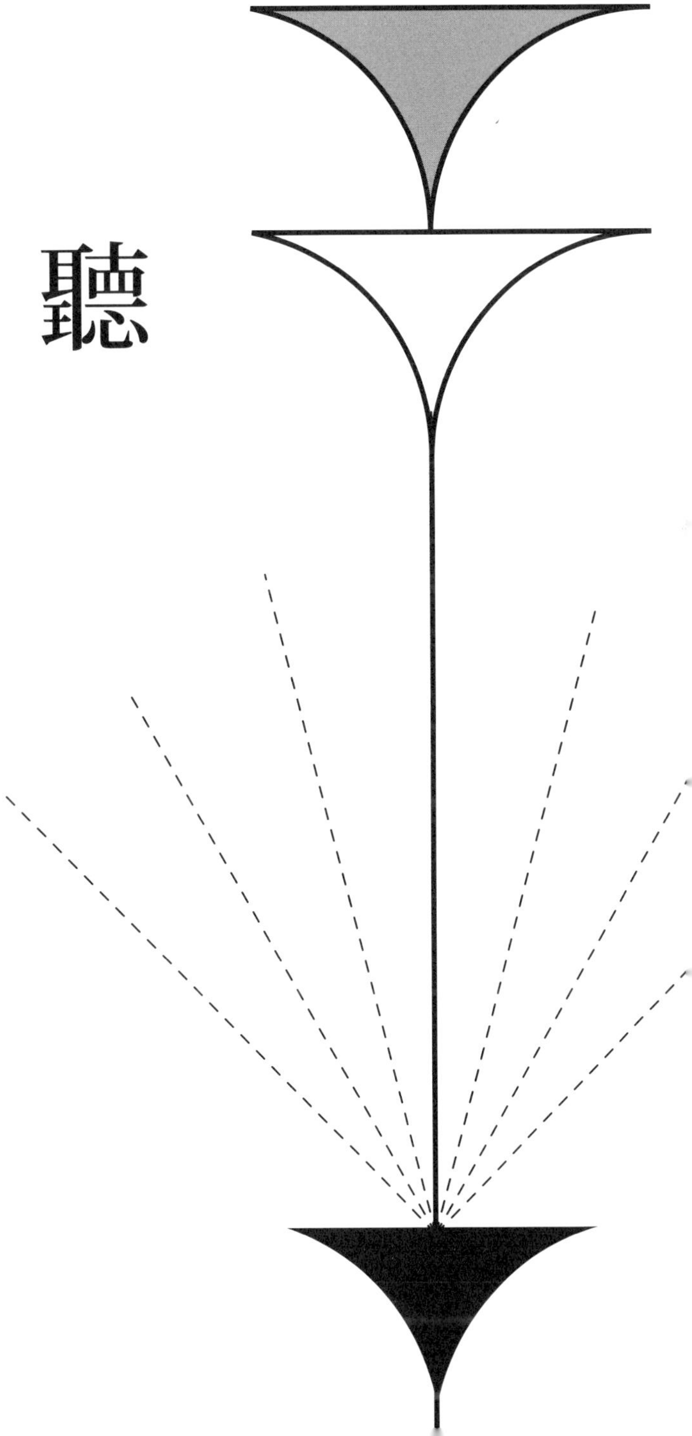

聽靈媒說

安部公房
短篇小說集

霊媒の話より

林皎碧、島田潔 譯

導讀
那高貴的異端

作家・著名翻譯家　邱振瑞

安部公房（一九二四～一九九三）的小說向來以前衛、晦澀、深奧和抽象概念的構思著稱。在他的作品中，事件發生的時間和地點幾乎是架空出來的，人物多半沒有具體姓名，乍看下情節有些怪誕突兀，當你鼓起勇氣試圖往下讀，他卻倏然在你面前撒落漫天的迷霧和沙塵，這似乎給他的讀者和研究者帶來困難。然而，對某些人而言，這種晦澀卻是不可思議的，又充滿奇妙的魅力，它可以激發研究和工作，亦可增加閱讀的趣味。雖然有些晦澀需要歷經艱苦努力才能揭示出來，但破譯出其精神特有的複雜性即是最大的回饋。從這個意義上說，為了充分探析安部公房的文學底蘊，或許有必要把他同世代的作家三島由紀夫的生涯稍加對照，因為從他們迥然而異的文學風格，我們可以更理解二戰前後日本知識人的精神危機和內在生活。他們在小說呈現出來的愛憎與惶惑不安，都與那個翻天覆地的時代緊密相連著。

以世界文壇的知名度而言，在日本作家中，以三島由紀夫與安部公房的作品（《沙丘之女》、《別人的臉》、《燃盡的地圖》、《第四冰河時期》、《朋友》、《幽靈在此》，有俄語版、捷克語版、羅馬尼亞語版、丹麥語版、比利時語版、芬蘭語版、英語版、墨西哥語版、法語版、德語版、義大利語版、葡萄牙語版等）獲得最多國外讀者的閱讀。他們兩人都曾經獲得諾貝爾文學獎的提名。二戰前，三島進入了學習院的初、高等科就讀，之後考上東京帝國大學法律系；安部的生活道路卻轉折得多，父親奔赴當時日本的殖民地「滿洲國」的奉天（今中國東北瀋陽市）當執業醫師，基於這個家庭因素，安部就讀該地的小、中學，高中時期才回到東京。是年冬天，他患了肺結核休學，一九四〇年回到奉天的自家休養。一九四二年四月，他的病情已恢復過來，因此返回東京。一九四三年十月，他考上了東京帝國大學醫學系，這時日本可能戰敗的消息甚囂塵上，他出於某種莫名的情感召喚，偽造了「重度肺結核」的診斷書，以此病由返回奉天的家裡。一九四五年，日本和滿洲兩地爆發了嚴重的傷寒。翌年，蘇聯軍隊入侵了中國東北，並接管所有的醫院，其父親被命令製作傷寒的疫苗，不幸受到感染而過世。之後，來了國民黨政府，整個體制改弦易張，但旋即又被八路軍擊退，短短兩三個月內，政策和市容為之改變。這些無疑給安部造成巨大的衝擊。同樣地，三島在入伍前的體檢，由於軍醫的誤診，認為他疑似患有肺結核，得以免除兵役。同年十月，三島的妹妹美津子罹染傷寒死亡。簡單地說，這兩個同世代的作家，三島在「內地」接受傳統教育，安部在「外地」度過青少年時期，但是他們有個共同點：兩人都經歷過「日本帝國的崩解」與時代疾病的威脅，遭遇到前所未有的震盪。而在文學道路上，三島於日本傳統文學中大放異彩，安部則堅決地站在「異端」（反傳統）立場上，持續思索故鄉存在的定義和被荒漠化的靈魂。可以看出，在安部的生命裡，他自始至終直視「做為場所的悲哀」（Realms of Memory）的困境。順便一提，阿爾及利亞出身的法國作家卡謬的《異鄉人》、前總統李登輝在司馬遼太郎《台灣紀行》的篇末對談，皆為絕佳的例證。換言之，滿洲這個空間上的場域，既是真切的實在，同時還包含場所、位置和身分的認同，卻由於政權的更替，又把它丟入流變的漩渦中，致使日本移民者不知何去何從。而這個二律背反的問題，又成為安部的精神原鄉，從文學上的啟蒙，到小說的場景描繪，都圍繞著滿洲的經驗。

正如他在創作經驗談中提及的：「……滿洲的冬天嚴寒，儘管到了午休時間，同學們仍很少到教室外面走動。我讀完數天前剛買的《愛倫．坡短篇小說集》，把故事內容口述給同學聽，他們大為讚賞。坦白說，我不但擅自加料，還編造了許多情節，而這卻意外地催生出我向壁虛構的才能……。」此外，他在《道路盡頭的路標》描寫的就是「我」與「故鄉」的關係的反思。他這樣寫道：「我的確存在於這個世界。我在忍耐周遭的圍逼，又像物體般地存在著。可是故鄉的存在，以及這種存在之間到底有多大的距離呢？」這個投給讀者的詰問，其背景即是他深切生活過的滿洲。而出現在《道路盡頭的路標》的「我」，以及長篇小說《野獸們尋找故鄉》中，通曉各國語言的中國籍高姓通訊口譯員（當時標榜五族共和），同樣被關入了土牢，這正道出日本戰敗滿洲國解體後的混亂局面：日本移民不但沒有國籍，也無法通過立法保障自身財產與安全，連生活在滿洲的中國人也不例外。或許如同安部自述的那樣：「從本質上來說，我是個沒有故鄉的人，或許正是因為這樣，使得我本能地憎惡故鄉的存在，總是不敢輕易地對它做出定義。」的確，當滿洲國皇帝退位的同時，整個滿洲就告土崩瓦解了。安部居住的城鎮每次遇到沙塵暴的侵襲，便陷入一片灰濛境地。他的隨筆集《沙漠般的思想》，經常提及「荒涼的土地」和「沙漠」，感嘆與日本的田園風景無緣，正是源於這樣的地理環境。他似乎在展示一種基本立場：所有界限都是人劃定出來的。縱然是在半沙漠和沒有界線的地方，終究只是人在自我設限而已。

隨著戰局的結束，安部這個清醒的漫遊者，於一九四六年十一月，被遣返回祖國日本。在那之後的三年間，他發表了幾部小說。此外，他久別的祖國和自己的文學生涯以及文壇亦出現重大的變化：日本國憲法正式實施。東京大審判做出了判決。椎名麟三《深夜的酒宴》、太宰治《斜陽》、田村泰次郎《肉體之門》、原民喜《夏之花》、大岡昇平《俘虜記》、島尾敏雄《在島嶼盡頭》、木下順二《夕鶴》等，都是這個時期的文學成果。翌年二月，安部在《近代文學》雜誌上，發表了小說《牆壁——S・卡爾瑪的犯行》，他就是以此作品獲頒第二十五屆芥川文學獎。同年六月，他加入了日本共產黨；十一月，在《新潮》文學月刊刊載中篇小說《闖入者》。從其文學思想來看，這時期確實較沒有出現早期以滿洲的沙漠為背景的描繪，而視域慢慢朝都市的「被封閉的空間」移動，這看似修辭學上的變化，其實仍是這種思想的延續。畢竟，這個曾經讓多達二十餘萬日本僑民既給予希望又使之幻滅的城市——滿洲經驗，早已長驅直入到他的靈魂深處了。而《箱裡的男子》和《密會》以及《櫻花號方舟》所設置的場所與情節，幾乎全是在被封閉在某個空間裡，任憑故事的主角如何尋求脫困，最終只能回到茫然的原點。

沿著這個思想，我們就可更明白，在《沙丘之女》中，那名為了採集日本虎甲標本的學校教師，不慎跌陷在沙丘的圍困中，歷經多次的挫敗，終於逃出了生天，但最後他卻出於某種入魅（enchanted）的回音，選擇了留在把他重重圍困的沙丘，像被封堵出路那樣，繼續日常的生活。然而，這裡有個弔詭的插曲，就在安部發表這部作品的同時，他被日本共產黨開除了黨籍。理由是他與所屬該黨的「新日本文學會」的作家意見對立，尤其在小說《飢餓同盟》裡，顯露個人主義的傾向，並語帶嘲諷似地要與所屬的共同體訣別。事實上，安部的筆尖批判的不止共同體與個人衝突的問題，還包括了日本的政治體制。這部看似帶有推理色彩的《沙丘之女》，又多了些社會批判與政治寓意的縱深，經過這個轉折，我們或許可更真切看到其桀驁不馴的思想的姿態了。如果說，這些充滿前衛性的作品和劇本反映出安部的思想光芒，那麼《燃盡的地圖》就是其集大成之作了。在這部作品的場景中，同樣出現廣漠無垠的地理空間，同樣使人難以辨認方向，但其宏旨更具普遍性，他呈現的場域已超出滿洲國和日本國界，進而深刻指出人類在現代化社會裡的共同困境。當我們生活在自己不能成為自己的指路明燈的地方，你依靠的地圖又被燒毀，大概沒有比這惶惑不安更沉重的吧？現在，我們有機會走進安部的小說世界，只要你有足夠的勇氣和慧識，必定能找到輕安妙樂的出路。

目次

聽靈媒說

——安部公房短篇小說集

題未定（靈媒的故事）

那已經是十多年前的故事了。當時的社會和現在不一樣，有很多失業者或乞丐之類不尋常的人流浪街頭，而且有很多因為對戰爭感到忐忑不安所引發的可笑之事。現在我要講的故事也是其中一件可笑的事。實際上，這個故事相當有趣。

我出生的村子附近山上住著一位地主。不知道現在他是否還住在那裡？我想大概還是住在那裡吧！那時候，他跟年約三十歲左右的妻子和母親住在一起。很可惜的是夫妻倆膝下無子。其實，他原本有一個孩子，不過在出生後不久就過世了。

賢妻良母的家庭主婦因為沒有孩子，特別是鄉下地方婦人的信仰心就變得非常虔誠。雖然我的故鄉是一個村子，不過這個村子位於大城市附近，所以比起其他的村落還要大，生活機能也很方便。

地主太太也像那些仁慈的婦人般樂善好施，加上為人和藹親切，常常有乞丐、遊民等上門乞討，她總不吝施捨。附近村民、左鄰右舍對她讚譽有加。每當她收到佃農的饋贈，她往往加倍或三倍地回贈給對方。所以送到她家的雞肉、雞蛋、青菜等總是源源不斷；經常有人會送她一些季節性水果，不過這些食物都被她轉送給窮人或生病的人家。

地主本身也是一位喜歡濟貧救苦的人，大約長他太太七歲多——我想大概如此吧！——約年長七歲、身材不高不矮、有一點駝背的好好先生型人物。他總是笑口常開。他很喜歡幫助別人，整天在村子到處奔走，無論公、私事，都願意熱心相助。但是他謹守分寸不逾矩，謙恭有禮，光明磊落，所以很受村民的尊敬與信任，大家都說他將來一定會當村長。

他們一家人和樂融融過日子，除了兩件事情以外。其中之一就是我方才已經提過夫妻倆膝下無子這件事，另一件則是有關他母親的事。當時，老太婆年過七十歲，已是老態龍鍾，不過我要講的故事是發生在兩年前，她幾乎每天都從山上走路到市區買她喜歡吃的新鮮魚片。大致上說來，老人的習慣是一動不如一靜，只吃些青菜，可是這位老太婆很健康，動作敏捷，喜歡吃肉吃魚，甚至可以說舉止粗暴。有一次，她來我家聊天時，老太婆一旁放著隨身攜帶的包袱，裡頭包著她在市區買的魚片——那時有一隻野貓在廊下瞄瞄叫。最初她還輕聲細語地「走開！走開！」想趕走牠，發現那隻貓不理睬後，突然以嚇死人的大聲，舉起她愛用的手杖，赤腳跑到庭園，一瞬間就把那隻貓打死了。

話雖如此，她倒也不是一個品行惡劣的人，何況她是那位大善人的母親，所以不曾有人對她生氣或背後講壞話。縱使發生什麼事讓人感到不舒服，也會對她客氣三分或退讓了事。

對那位溫順的地主而言，母親的所作所為經常讓他擔心不已。不過，他原本就是一位孝順母親的人，所以就連勸說的話也說不出口，每次聽說母親為爭執不休的土木師父當和事佬，或跑到連男人都害怕的那一條前往山上寺廟途中的吊橋等等的事時，地主夫婦倆都感到非常不安又擔心。

話說當時——雖然表演魔術通常是先表演然後揭開謎底，不過我並非那麼有技巧的人，所以打算先解開謎底，然後表演魔術。我感到遺憾的是那種屏息以待的樂趣，也許完全不會發生。

雖然這個故事是我事後才知道的，那時候有一個看起來像是十四、五歲——聽說其實他已經十八歲了——身材瘦長、惹人喜歡的孤兒不知從何處流浪到這個村子。傳說他是從經常在村鎮或小城市巡迴演出的馬戲團逃跑出來。他身上帶著一個褐色、到處都是補丁、好像破舊西裝的袋子，經常躺在某處的草地上或橋下，帶著疑惑的眼神望著天空發呆。哎呀！這是我自己的想法，我認為這小子是有點值得研究的。我想研究的是為什麼流浪漢都喜歡躲在橋下呢？我認為也許因為這種人帶著比較濃厚的傳統鄉愁吧！不過這種事還是交給這方面的專家學者去探討，我們還是趕緊進入故事吧！

那個少年流浪漢，不僅不知道父母親的名字跟自己真正的姓氏，也完全不清楚自己的實際年歲。不過，他卻經常提起自己的姓名跟年齡。他的名字叫花丸，這是他所屬馬戲團的老闆娘依照當時的流行和她個人的喜好，並且也因為他比起有同樣境遇的其他人，總是散發出優雅神情和文靜氣質，才會為他取名為「花丸」。不過馬戲團的男伙伴總是叫他「阿帕」，女伙伴則叫他「小帕」。雖然從小到大這樣被叫過來叫過去，可是他卻自稱是「帕公」。說到他的年齡也極為詭異，就以他進入馬戲團那年，為他滿五歲的生日。雖然我不知道是否有人明白他的經歷，以及他進入馬戲團前後的經過，這些事情實在不容我置喙，不過他本人好像也是什麼都不知道。只是有時候，猛然間會閃出一些回想的場面而已，包括溫暖的陽光、父母與兩、三個兄弟的事情，總是如發出「唧——唧——」雜音的螢光燈般在頭上掠過。他根本無法了解那些記憶到底有什麼意思？只是那種使人入迷的懷念和深層的寂寞經常讓他感到很舒適。

他自小就很擅長模仿別人的聲音，為使這項才能更上一層樓，老闆娘要他不斷反覆練習。如此一來，他在八歲左右已經練就如鸚鵡般的好功夫，大約在那時候他開始登台扮演小丑，這個可愛的孩子怯生生卻努力模仿各種聲音的模樣，總是在觀眾心中投下極為微妙的某種同情或親切的朦朧感和好印象。那種因陋就簡在鄉村到處巡迴演出的馬戲團，使得他的存在顯得很特別，因為他而讓馬戲團頗受注目。實際上，所謂鄉下人和都市人不一樣，對於那種樸素而微妙的感情，感受力比較強烈。

這當然不是他唯一的工作。我們也知道他們的生活不只是在舞台上表演，實際上他們有很多超乎我們想像的生活，主要都是屬於幕後。譬如，舞台的善後、長年當馬戲團員的小幫手，還有其他很多瑣瑣碎碎的雜務都是他們的工作。原本他也得跟其他兩、三個孩子一樣，應該要勤練習馬戲、走鋼絲、踩球等雜技。但是不知道是幸，還是不幸？因為老闆娘對他的寵愛，加上他天生孱弱的體質等理由，就免除他的練習。對於他這種情況到底是幸，還是不幸？我實在不想多置一言。由於老闆娘對他的寵愛，以致他被其他人嫉妒而排斥。所以他的處境非常艱辛，這種情況到底是幸，還是不幸？總之，也因此雖然他身處下層馬戲團員當中，仍然能夠保有一顆純真的心和自尊心。

他的年紀小，卻是一個浪漫主義的人。他很敏感，連極為細微的小事都能讓他感動。不過他絕不只是活在夢想中的人，從小就在利害得失傾軋的人群中成長的他，已培養出聰明機靈的個性，使他很容易擄獲人心、懂得巴結對方，而且他深知什麼事情對他有利，什麼事情對他有害，他長得一副小孩子的模樣，實則是一個成熟的大人。假如不是他具有詩人般的空想與多愁善感，照這樣下去將來他也許能夠當上馬戲團的團長。老闆娘也是一個聰明人，不但已經了解他的這些特質，也很疼愛他，甚至暗中思考想收養他當養子。老闆娘常常對人說——那個孩子的資質勝過馬戲員的水準。不過，看來老闆娘的高調態度，已經造成他的不幸。

說到這裡，有一個新人物即將登場。他就是長帕公三歲，過去曾經在某處當過乞丐的一個人，乍看之下好像很愚蠢，其實是個好強的聰明人。他的名字叫……啊！一時之間竟然想不起來，我只記得他的綽號為阿熊。看到他的面貌，果然很像一隻熊，其實就他的性格來說，他並不是阿熊，比較適合被稱為阿猿或阿虎。他跟阿帕是迥異的兩個人，他一旦下定決心做某事必定意志堅強、熱情奮發、堅忍到底，一直努力到最後一刻。

他為了將來能夠擔任馬戲員，整天都在勤奮練習。在狹窄的後台空地上，他屢次從馬背摔落下來，被師父狠揍一頓，被老闆娘打罵，他也絕不掉下一滴淚，總是咬緊牙關忍耐再忍耐。因為他堅信想從這種痛苦中解脫的唯一方法就是努力鍛鍊自己成為一名馬戲員。加上他——阿熊的夢想與憧憬就是在眾多觀眾面前，展露他健壯的肌肉，站在狂奔的馬背上輕巧地演出高難度的雜耍。他夢想在大城市的美麗帳篷內，在幾百盞電燈照亮下，站在以金色、銀色、紅色、藍色的流蘇等裝飾的三隻壯馬上，穿著展現肉體的緊身肉色襯衣與褲子，抬頭挺胸、悠然自在地駕馭著馬匹，然後在觀眾面前突然勒馬止步，如同往昔的英雄般邊高舉起一隻手示意停歇如雷不斷的滿堂掌聲，邊以從容不迫的語調向全場觀眾問候道：「親愛的來賓」。

如同我們能夠理解阿熊的夢想般，他剛猛性格的另一面就是為人相當純樸、溫柔。他是唯一不會欺侮阿帕的伙伴。他跟其他人不一樣，並不在意自己的境遇和阿帕的境遇有何差異。對他而言，阿帕是一個非常不可解、超乎想像的人。至於其他的伙伴，他完全了解，十五、六歲已經開始爭奪女人。他的慾望和他們完全一致，話題、興趣的傾向也完全相同。正因為如此，阿熊可以這樣輕視他們。——嘿，太可笑了，我啊！將來一定讓你瞧瞧……。——不過，他只有對阿帕不會這樣。他完全無法明白到底為什麼阿帕和我們這般不一樣？總之，就是不一樣。——嗯，他天生就和我們不一樣。——阿熊如此認為。

不過，正直的阿熊並不會因此而不愉快。不僅如此，看到老闆娘對阿帕特別好，或特別寵愛他，反而覺得理所當然，替他感到很高興。每次有阿帕在身邊時，他就會很不可思議感到心曠神怡，有種高雅的感覺，甚至感到他自己整個人漸漸變得更好了。他總是以尊敬交雜著摯愛的溫柔之心看著阿帕。這種感覺明顯地日益增強。當他悶悶不樂的時候，包括他跟大人起爭執、被老闆冷酷地欺壓、被愛慕的女人瞪白眼，只要一想起阿帕，這一切都無所謂了，頓時覺得輕鬆愉快。偶爾阿帕笑笑地輕聲跟他搭訕時，他就會開心到簡直要飛上天了，然後就喋喋不休地說些言不及義的話，譬如，老闆的壞話啦！批評女伙伴等原本不敢說的事情。不過，事後他經常都會後悔自己怎會說出那些毫無價值的無聊話。

阿帕總是立刻能夠了解他的心情。雖說如此，他並不討厭阿帕，反而常常和他東南西北閒聊，也因為互相幫助的機會愈來愈多，不久他們就變成無話不談的親密好友了。

由於獲得阿帕的感謝與信任，阿熊也回報對方深厚的友情與尊敬，彼此緊密交往。

在這種情形下，那一年的故事就要開始了。春天到了，正是巡演的最好季節。馬戲團離開冬天蟄伏的城市，開始一個城鎮接著一個城鎮地到處巡迴演出。五月底，某一個風和日麗的午後，他們來到我們居住的村子。在公所前的空地上，搭起高大的帳篷，同時豎立好幾根色彩鮮麗、看似非常重的長形旗子。有的團員敲打著發出「咚咚咚」聲音的大型太鼓，有的團員則是敲打發出「嘀嘀嘀」聲音的小小太鼓，還有其他團員吹奏或敲打著其他樂器，一行人排著隊伍熱鬧地在村子各處宣傳。這行人除了兩、三個女生外，阿熊和阿帕也在行列當中。阿熊穿著一件好似袋子以白、褐色相間條紋為裝飾的上衣、超短的大褲子，揮著一把不斷發出聲音的不知是什麼樂器。阿帕穿著白色小丑裝，發出各種引人好奇的奇妙聲音告知人們明天開始要演出的節目，其他人也都穿著可笑或怪異的服裝，做出各種引起路人喜愛的動作前進。原來害羞的阿帕也已經可以勝任這個角色並順利完成使命。四處都可以看到很多男孩、女孩開心地邊聊天邊跟著他們的隊伍走。

不久，抵達村子的另一頭，大家稍事休息。阿帕、阿熊和老闆娘一起坐在路旁倒臥的圓木上。阿帕的心情非常愉快，一邊望著附近終於顯露春意的山丘，一邊和阿熊評論過路人或以好奇眼光窺視他們的人，連老闆娘也跟著一起歡樂地戲鬧起來。老闆娘頂著那張胡亂塗著白粉與胭脂、看來非常怪異的臉，嘻嘻哈哈地開始逗弄一旁的小孩子。

此時，正好有人走過來。那人正是前述住在山上的地主的老母親，當天她如往常般和兩、三個同伴一起前往城市買「新鮮的生魚片」。回家途中，她忽然在馬戲團團員的面前停下腳步，以視若無人的大音量向同伴開始說道：

——哎呀！你瞧瞧這些人的模樣。喔，真是不像樣呀！說起來還怪可憐的。你瞧！連這麼小的孩子都……。——然後她用手指著阿帕，轉頭看著同伴繼續又說道。——我想這孩子一定是無父無母無兄弟的孤兒，不知被哪個壞心腸的惡毒老太婆所養育。好可憐呀！你瞧！他的眼睛充滿悲哀。喂！喂！你們聽我說。哪像我家的小蘿蔔頭，只會經常喊「老媽、老媽」，什麼事都不必做，只會坐在那裡啃大米。他實在太可憐了，必定是一個無依無靠、想找個躲避悲傷或痛苦都無處可去的可憐兒吧！我想他是一個就算想找個取暖的地方，卻不得不躲進如冰宮般寒冷薄被中的孩子。——

聽到這些話，老闆娘真是忍無可忍。她突然站起來，氣勢洶洶地強悍反駁。她認為對方根本就是一個鄉下老太婆。

——喂！等一下！妳這個老太婆。他好可憐？好悲慘？我絕不願意聽到有人講這種無中生有的話。就我看來，妳這傢伙不知比他還可憐多少倍？妳這個死老太婆活在世上有什麼意義？——

地主的老母親立刻搶話，不讓老闆娘繼續把話說下去。

——咦？生存的意義？請問一下，那種東西到底能不能當飯吃呢？我這個人敬天畏神，不曾做出半點違背道德仁義的事。每天生活無憂無慮，幸福快樂。哪像妳這傢伙一定是為了自己的私利，如同使役牛馬般虐待這孩子。孽障！——

——妳說的是什麼鬼話？這些事與妳不相干。妳知道嗎？我像疼愛自己兒子般養育他，妳這老傢伙根本沒理由來找碴。——

——妳疼愛他？哼！八成是他對妳有什麼用途，妳才會稍稍照顧他一下而已吧！——

假如不是村民過來勸解，她們一定會沒完沒了爭論下去。老闆娘原本以為這老太婆只是住在後街大雜院的窮人，一聽說對方是地主的老母親，就她的職業意識立刻察覺自己錯了，趕緊閉上嘴不再爭辯。不過，地主的老母親仍然不斷邊發洩不滿，邊被村民又哄又騙地帶走了。原本很期待看到她們打起來的馬戲團團員，沒想到這件事這麼簡單就落幕，還感到有些沒趣而有一搭沒一搭地閒聊。一旁的孩子們面露似含有深意的無表情，站在那裡發呆。

對阿帕而言，這件事讓他深深地感動。

因為阿帕不曾有過自己變成事件問題的經驗，而且他也不曾有被人同情的經驗。雖然他曾反覆思索自己的境遇，曾被別人惡罵或奉承，現在才知道他自己本身值得同情，他自己的境遇也值得同情。對他而言，這真是一個天大的發現。他很想知道那個老太婆是誰，因為他的身邊不曾出現像老太婆那樣的人。他的心中充滿好奇，且那個老太婆所說的每一句深深地烙印在他的腦海。以模仿別人的動作為職業的他，不僅記住她所說的每一句話，甚至連她的語調也牢記在心。

他對於那個跟他的生活完全不一樣的世界，充滿一種異國情趣的憧憬與鄉愁，還有對於和平與寧靜的強烈渴望，好似濃霧般覆蓋他的整顆心。那時候，他的心中所閃現的幻影，就是他失去的那個家——關於那個幻影中的家，起初他認為那是陌生人的家，經由詢問別人種種的事以及他自己的詮釋，最後他深信那就是他失去的家。——而那個家如以往般發出「唧—唧—」雜音的燈光。

時間飛快，已到馬戲團公演的第四天，因為是公演的最後一天，團員們都感到非常開心，因為每次公演結束就有兩、三天的連休。那一天觀眾爆滿，首先由老闆娘上台致歡迎辭，接著就是阿帕出場，他巧妙地以各種不一樣的聲調演出口技。當他演出時，邊看著每一個觀眾的臉，邊從口中表演出各種聲音。這是他累積多年演出經驗，所體會出最能讓他心情鎮定而順利表演的祕訣。他不停地表演出讓觀眾捧腹大笑的內容，但是在即將接近尾聲時，忽然看到坐在前方左邊的幾個人，讓他的心中澎湃不已。他感到心臟的跳動以不尋常的強度與律動響徹整個身體，他的眼睛被吸引住而動不了。那是跟著父母親一起來看表演、興高采烈的兩個孩子。因為這兩個孩子，他好像看到自己失去的家又重現。隱藏在他心中幾乎讓他顫慄的不安與焦躁、幾乎讓他消失的悲痛與寂寞，突然喚起即將要失去的春光，被折斷的小樹枝上的嫩芽，再度發出生命的激烈吶喊。無言而未知的鬥爭，為了連接過去和現在的世界，掀開覆蓋在它之上的厚重披風，突然跳上嶄新靈魂的舞台上舞動出「瘋狂」的舞踏。

他懷抱好似浮游在半空中般的空虛感，還有無垠無涯的寂寞，沮喪地返回後台。他茫然地環視一下周圍。不過，除他之外，和平日沒有任何不一樣，大家都忙得一團亂。這種情況下，他不得不感到相當奇妙。沉甸甸而下垂的灰色帳篷下一片雜亂污濁，透過帳篷縫隙照射進入的幾道陽光，成為一晃一晃的線條。裝飾著紅、藍色流蘇的馬兒直打哆嗦，馬頭上下晃動，馬蹄「嘀搭嘀搭」作響。男女團員笑嘻嘻在支撐帳篷的柱子間來回走動。他感覺眼前的一切並非現實，而是一個模糊的夢。

老闆娘察覺到阿帕表演到一半突然變調，顯得茫然若失。老闆娘急忙收拾好身邊的瑣事，匆匆來到他身邊。老闆娘問他是不是身體不舒服呢？還再三提醒他如果身體不舒服的話，先到外頭去呼吸一下新鮮空氣之類的話。然後她又說道——其實我們還需要你繼續表演，可是不要擔心，先到外頭感受一下開朗的氣氛吧！應該很快就可以恢復，去吧！——他不敢反駁，從帳篷後方走出去，踏在柔軟的草地上。女團員們同情地說——阿帕怎麼了？——還有男團員們開玩笑地戳他一下。阿帕並沒有察覺阿熊很不安地擔心自己的事，阿熊相信阿帕一定發生什麼事情了。現在阿熊應該正在表演。因為阿熊過度擔心阿帕的表演，好幾次惹怒師父而被以觀眾看不到的方法狠狠痛打一頓。

阿帕感受到和煦春風輕輕吹拂，不知不覺眼淚撲簌地掉下來。那裡連一隻小狗也看不到，只有靜悄悄的五月太陽緩緩地從他頭上通過。遠方的群山微帶紫色，看起來不甚清晰，只見到遼闊的綠色大地無限延展。大自然好似充滿喜悅，愉快地低聲唱出生命的禮讚。可是這一切卻讓他更覺得孤獨、寂寞。至今不曾有過陽光的靈魂，已是淚流不止。

他從那種醺醺然的狀態漸漸甦醒，很想再看一眼剛才親子和樂融融的那家人，這衝動突然變得無法抑制的強烈火焰般包裹住他整個人。他擦乾眼淚，站起來。他為了讓老闆娘和阿熊安心，返回舞台後，以一種不曾有的氣勢繼續精采的表演。

當天下午，天空突然變黑，下起綿綿細雨。村子位於山海之間，這種天氣經常可見。不久，漸漸變成滂沱大雨，雖然全團人都很焦慮，最後一天的演出還是圓滿結束了。結束後該如何善後也是件大工程，大夥收拾好表演道具後，在雨中跟著大貨車一步一步走到事先預約好的旅館，走進那家奇怪、老舊卻非常寬敞的旅館玄關。

翌日也是下雨天。再翌日又是下雨天。再再翌日也還是下雨天。

剛開始大夥還覺得挺輕鬆，興致勃勃嘻鬧說笑。第二天、第三天，開始茫然而有些焦急，有人望著窗外烏雲密布的天空發呆，有人百般無聊地打哈欠。然而，雨天就是寸步難行，無法進行下一個行程。他們習慣從村落到城鎮，從城鎮到村落，四處巡迴演出，而不喜歡在同一個旅館停留。對他們而言，幸福總是在新天地。第五天，他們終於可以開心地離開了。

為了阿帕，我們再次回顧一下這五天。換言之，我們來敘述在五天裡，阿帕是怎麼度過的。他懷抱著說不出的苦悶，垂頭喪氣坐在房間的角落獨自發呆，不過請注意，毋寧說這樣子他覺得比較自在、快樂。那是一種所謂自己即將消失的悲痛。跟他比起來，不如說沉悶坐在他身旁的阿熊反而憂鬱、不快樂，獨自在咀嚼著逼近他的痛苦。實際上，看到朋友完全不關心他而專注其他事情，讓阿熊感到心酸。

——喂！阿帕，你怎麼了？——

——嗯，昨天我看到了。——

——你看到什麼呢？——

——我啊！常常想起這樣的情景。不知道那是什麼地方，有一間溫暖的屋子，兩個孩子跟他們的父母圍著桌坐在一起。他們的頭上有一盞發出「唧—唧—」響聲的燈。——

——哎喲！你可能是聽過或讀過這樣的故事吧！也說不定是在夢中看見的。……——

——我啊！我覺得昨天確實看過那些人——

——所以呢？——

——嗯，我不得不覺得他們就是我的雙親和兄弟。——

——什麼？等一下。這不是很奇怪嗎？如果那些孩子是你的兄弟，應該跟你現在的年齡差不多才對啊！怎麼會跟你記憶中的年齡一樣呢？——

阿帕歪著腦袋瓜，默不吭聲好一陣子。不久他又說道：

——我覺得自己對這個村子的居民有一種懷念之情。——

這種感情，後來成為他逃離馬戲團的原因。

翌日，他們兩人——阿帕和阿熊好像被一種說不出的強烈力量拉出去，向旅館借了一把破舊的傘，兩人緊挨著在雨中流連。雖然毫無目的地，他們都相信即將有什麼事會發生。他們往市中心逛一逛，又往山區走一走，不知道走了幾個小時，阿帕身上穿的那件好似褐色袋子的衣服被雨淋得全身濕透了，背脊直打寒顫。阿熊好幾次想把披在自己身上的油紙給阿帕，卻屢遭阿帕婉拒。後來，阿熊看到阿帕臉色發青，身體冷得直發抖，終於忍不住動怒，硬把油紙披在阿帕的背上。不久，兩人肚子餓了，疲憊到頭痛、發昏、雙腳僵麻，只得筋疲力竭地回到旅館，那時已近傍晚。

翌日，兩人又跑出去。再隔一天，雖然老闆娘大聲發怒，他們還是外出閒逛。原本不關心這種事的團員，為了消磨時間，無聊的有一搭沒一搭閒聊起兩人；那天天氣較好，雨時而停歇，陽光從雲隙中無力地照射下來，大家都期待明天放晴，所以阿帕和阿熊才會一心一意想跑出去遊盪。因為明天可能就要離開了。

那天，在村子裡鬧區的附近，人潮相當多。可能三天來，雨天讓大家非常鬱悶，當他們逛到一條較為寬闊的大馬路上時，突然從後方傳來好大的聲音，還來不及弄清楚怎麼回事，阿熊就被那來勢洶洶、大聲喊叫的人用力一推，於是整個人往前摔倒在泥巴水中。

——怎麼會這樣？年紀輕輕的少年家，怎麼會被一個老態龍鍾的七十多歲老太婆一推就摔倒呢？哈、哈、哈、哈——

仔細一看，原來是跟老闆娘爭吵的那個地主的老母親。兩人目瞪口呆地什麼話都說不出來。對阿熊而言，他突然被撞倒在泥巴水中，無怪乎怒氣沖沖，恨不得打死這個老太婆，因此激動得狠狠地盯著她看。雖然阿帕也同情阿熊，還覺得老太婆有點過分，可是他心裡卻對老太婆充滿好奇心與親近感，只因為她是這個村子的居民。老太婆笑著對他們說道：

——哎呀！你們用的那把傘也太破舊了吧！咦？你們不是馬戲團的人嗎？這種雨天打算去哪裡呢？呵呵，你們沒地方可去，對不對？最近的年輕人都是這樣，真是嚇人。如果沒地方可去，要不要到我家玩呢？我最喜歡聽旅人講故事，我請你們喝一杯茶。走吧！我家離這裡很近。——

雖然阿熊覺得有點不高興而猶豫，阿帕卻是興高采烈地一口就答應，阿熊也只好心不甘情不願地跟著阿帕一起到她家。

來到地主家，很幸運地那個好心的地主跟他的太太都在家。地主夫婦聽完阿帕和阿態之所以來到家裡的原因，稍微考慮一下後，很高興地歡迎他們來。地主夫婦拿出各式食物，可是阿帕與阿態都很客氣，只稍微吃了一點。特別是阿帕看起來文雅又有氣質，讓地主夫婦更加親切也完全放心，衷心歡迎他們的到來。他們講述旅途中經歷的種種辛苦或快樂時，地主太太就說：「我想你們在雨中閒逛，一定有什麼原因吧！」阿帕聽完她的話，暗忖對方也許可以幫助他，於是就把到處閒逛的理由坦白以告。地主、地主太太以及老母親三個人，以充滿同情的眼神面面相覷。

——會是誰呢？——

——唉！好像沒聽過發生過這種境遇的人家啊！——

至今都默不吭聲的阿態，突然有點生氣地說道：「縱使阿帕記憶中這件事可能是真的，那也是很久以前的事情，假如那些人出現在阿帕面前，阿帕也絕不會認為他們就是記憶中的那些人吧！」一時之間，大家都沉默不語。突然，地主和他太太同時抬頭互看，說了一句：「確實如此」，不停地點頭。接著地主又說道：

——原來如此，明白了。——

他再次點頭，他太太也跟著點頭說道：

——我覺得那應該就是你的家人吧！你相不相信靈魂之類的說法呢？像你們經常到

各地旅行，應該有機會看到靈魂或聽到有關靈魂的故事吧！嗯，就是這樣，肯定就是這樣。——

地主立刻順著她的話，接著說道：

——是呀！這種事不勝枚舉。因為我們信仰心還不夠虔誠，業障也很多，所以還沒碰過這種事。不過，我倒是曾經看過一次鬼火。記得在我十歲左右的某一天，在一次廟會的夜晚，我跟三個朋友一起走回家的路上，偶然看到一團鬼火在我們面前從屋頂水平地飛行，不知飛到哪裡就消失不見了。那是一團有這麼大的紅色鬼火。——.

他邊說邊用手指畫了差不多有嬰兒頭部般的大圓圈。接下來，地主的老母親也說道：

——哎呀！說到那種事，算是滿常見。我聽過更不可思議的故事。記得那是我嫁給兒子的父親那一年。那時，我們家附近有一位如今已經亡故、當時德高望重的高僧，在他身上就曾經發生過很多奇蹟。譬如，那時村子裡住了一對眾所周知、經常爭吵，感情非常不好的婆媳。有一天，媳婦不知為什麼落到井裡死了。警察很懷疑她的死因，於是就把她的屍體，……喔，應該怎麼說？……就是那個，簡單說，就是驗屍啦！警察發現屍體的肩膀、腰部、背部等到處都是傷痕纍纍。不過那是個大戶人家，很愛面子，不喜歡讓人家知道這種醜事，於是就花大把銀子隱瞞了事實。媳婦的娘家可不願意事情如此草率解決，於是請求那位高僧替自己的親人申冤。說起來也是紙包不住火，壞事終究會敗露。不久，所有事情果真水落石出。事情是這樣的，高僧認為如果坐視不管等於違背佛法，原本他都獨自念佛，卻派人把婆婆叫來，因為他覺得一切事情即將真相大白。婆婆實在不想去見他，由於他是個高僧，只得勉強接受傳喚。那時候，我剛好在那裡無意間看到一切，真是非常驚訝。你們知道我看到什麼嗎？只見那位高僧閉上眼睛，口中唸唸有辭，一陣子後婆婆突然猛然跪下，大聲痛哭。雖然她是個老婦人，哭聲卻像年輕女子，我們都感到非常不可思議。高僧問她：「怎麼了？」她如此答道：「我是被殺害的媳婦，我是死於非命的，如今成為孤魂野鬼四處飄盪。我並不是自殺，也不是不小心掉進井底。婆婆害死了我。一想到我生前受到她百般凌虐，實在是死不瞑目，我不甘心，我真是不甘心……。」那時候，婆婆說話的聲音和聲調完全就像已經死去的媳婦，但是說出這些話的卻是婆婆本人，當時我真是太驚嚇了。——

老母親說完，每個人相互對望，都像鬆了一口氣。接著，地主又說道：

——是的。這個世界並不是我們所能理解的。對於自己所不知道的事，不能用我們有限的知識去詮釋。我認為把世間的一切事物分為不尋常和尋常的想法，正是證明心靈的貧乏。無論發生什麼事都無所謂不可思議。人活在這個世間裡，根本就是非常渺小。——

然後，地主看著阿帕，如此說道：

——我認為你看到的一定是所謂的幽靈，也許他們每天都在想念你，才會以幽靈的姿態出現在你眼前吧！——

後來，地主請阿帕和阿熊飽食一餐。午餐後，他們就回旅館了。兩個人好像被奪走魂魄般一言不發。阿熊對地主一家人所說的話半信半疑，感覺有些不愉快。阿帕一心一意想像那是自己的家人。其實，阿熊有個毛病，當他不痛快時，就會一言不發。

翌日，馬戲團毫無牽掛地離開村子了。

阿帕離開村子不久，竟然激動地感受到一種不曾有的悲傷與哀愁。他摘掉在不知不覺中戴上所謂「現代」的面具。他第一次渴望能有個精神依靠。阿帕終於體會到自己一個人無能承受的苦惱。他也在不知不覺中為自己披上那件覆蓋心靈的領導者披風而感到驕傲。實際上，日本人是一種看來既複雜又單純，單純又複雜得莫名其妙的人種。日本人所披上的披風種類，遠比西洋歌劇奧涅金（Onegin）還要多采多姿，有白色、紅色，以及透明的，而且日本人還會在披風外頭巧妙地再披上另一件披風。阿帕不自覺間脫掉像這樣的披風中的某一件。雖然太陽強烈照射的日正當中，恐怕也難以脫掉所有的披風。這種期盼未免太過分了。只有在讓人脫掉一件披風、柔和陽光的春天裡，我們才能感受到幸福吧！這才是幸福。

那天起，阿帕對阿熊突然產生一種親近感，他把自己的一切煩惱都告訴阿熊。阿帕的變化讓阿熊很高興，好朋友將苦惱告訴自己，應該沒人會覺得不愉快吧！

幾天後的傍晚，馬戲團來到沿海的一個城市。圓滾滾、發出黃光的月亮，帶著深深的柔情，照耀在港都雜亂無章的灰沉沉屋頂、橫亙在深黑色大河上的大船以及到處飄浮著垃圾、如同石油般的漆黑海面。有時候，還可以聽到港口特有的如泣如訴般的船鳴聲，突然拉出長長的悲傷後，漸漸消失。之後，從遠方傳來混雜著工人喧嘩聲的起重機「喀喀喀喀喀」機械聲，就在麻痺於這陣吵雜聲後，空氣中捲起層層漩渦。

此時，在人跡罕至的郊區海岸，我們那兩個少年讓自己又長又黑的影子倒映在潮濕而粗糙的沙灘上。一味的感傷把他們的心攪得亂糟糟。但是，此處又出現那個帶給現代人苦惱的想法。阿帕有一個惡習，就是常常會以別人的觀點來看他自己。他認為——哎呀！真是沒意思，這就是月亮照耀的夜間港口吧！我在這裡做什麼？怎麼好像在演一齣粗鄙的肥皂劇呢？——他為自己渾然忘我地陶醉於感傷中感到可恥，不由地悄悄環視一下四周。他的腳底下有滑溜溜的海浪，好似舊鐘般不規律的閃著光芒，發出「嗶嘰、嗶嘰」的柔和浪聲。他的眼睛追蹤著浮現在黑夜中的黑影，突然停在一幢房屋的窗子上。他凝視那房屋一會兒，心中再次湧現自己一再否定的感傷。然而他感到那股感傷的力量強大到壓不住了。他緊咬嘴唇，才能止住將掉落的眼淚。此時，阿熊沉浸在他自己的空想中，略感寂寞。由於阿帕一直默不吭聲，他悄悄地抬頭偷看阿帕一眼。明亮的月光下，阿熊看到阿帕那張帶著神經質而優雅的臉都扭曲了。阿熊好似讓人家擊中胸部般的衝擊。

——嘖！他到底打算沉默到什麼時候？我希望他能夠了解我的感情，可是這種想法又有何用？根本就沒意義。我這樣的人又能為他做什麼呢？我心神不定，甚至連一句「我非常非常喜歡你」的話都說不出來。實際上，我什麼都說不出來，什麼都不能做。因此，我一味希望對方能夠了解我的感情，實在是一個只顧自己的人啊！但是我知道自己永遠都說不出什麼，所以我想讓這個人知道我的好意的意圖都退縮了——此時，阿熊的思緒被打斷了，因為阿帕突然開口說話。

——喂！你看那房屋的窗子。阿帕以手指頭指著燈火通明的窗子說道，我們這一輩子永遠都不可能進入那些溫暖的窗子吧！其實，我們和那房子之間不是只有幾十公尺的黑暗空氣，以及薄薄的一窗玻璃而已嗎？但是我們永遠都不可能拿掉它。啊！我真的受不了，你看！那令人愉快的燈光，那裡到底住著怎樣的人呢？——

阿熊搖著頭，低聲說道：

——我不知道，大概住著跟我們差不多的普通人吧！——

——不。不是的。阿帕以令他自己都吃驚的激動語調說道。當然跟我們不一樣，他們住在燈火通明的窗內，這事實就讓我知道，他們根本和我們很不一樣。啊！可惡。——

於是，兩人又陷入沉默之中。在沉默時，他們的神經緊繃到差點斷掉了。他們比時鐘更正確感受到時間一秒一秒地過去，彼此都在等待對方先開口說話。假如沉默的時間更長，周圍的空氣恐怕也受不了這種緊繃的氣氛而要騷動的當下，阿帕終於開口說道：

——喂！阿熊，你知道我在想什麼，對不對？——

阿熊只說了聲「對」，就低著頭沉默不語。因為他怕自己說出來的話，讓阿帕又繼續沉默下去。

——我……我希望你聽我說。我告訴你，我很想要有一個家。我已經厭倦馬戲團的生活。雖然老闆娘很疼我，照顧我，你也是，可是我還是覺得自己很不幸。我知道，雖然你什麼都沒說出來，但我知道在世界上，你是唯一真心愛我的人。我不知道自己該如何感謝你才好，可是啊！我真是一個忘恩負義的人，我不滿意現在這種生活。而且不只是這樣，你可不要嚇一跳，喂！你應該會幫我忙，對不對？我希望你不要為我自私的願望而生氣。……我，其實我很想逃離馬戲團。拜託你，不要用那種眼神看我啦！因為我能依靠的人只有你啊！請你原諒我。——

阿帕說完話，用力緊緊握住阿熊的雙手晃動著。阿熊以幾乎使不出力、舌頭好似黏住的語調答道：

——唉！我懂。可是你打算逃到哪裡呢？——

阿帕激動地說道：

——啊！你的心胸真是寬大。你竟然沒有痛罵我這個自私又任性的人。我知道其實你在生我的氣。你生我的氣，卻原諒了我。對我而言，如果你痛罵我一頓，我或許比較好過些。——

阿熊聽阿帕這麼說，斗大淚珠撲簌地掉下來，不知不覺發出倒吸鼻涕的聲音。這聲音讓阿帕有些不愉快，不過他也知道自己的動人演說奏效了，不由有幾分得意之情。啊！本書的讀者諸君，請千萬不要認為阿帕是個壞蛋，他做的只是跟我們一樣時穿、時脫一下自己的披風而已。這不只是阿帕的過錯而已吧！真是太失禮，我說出這般自以為是的意見了。阿帕當然是穿了一件不太好的披風，透露出他的洋洋得意。現在他極為鎮靜地又說道：

——對。我打算全部告訴你。你應該還記得吧！我想到那個款待我們到她家的老太婆的村子。你不要笑我，我總覺得那裡有什麼人在等我。不知道為什麼？啊！我真的很想去那裡，我想先去地主家當僕人。總而言之，我厭倦現在這種生活。——

阿熊聽到阿帕講話的語調突然起了變化，才猛然驚醒。他覺得阿帕肯定已經下了很大的決心，現在再講什麼也起不了作用。「假如我說出或做出對自己有利的事，雖然我自己會很滿足，不過那並不是真正的友誼，我應該設身處地為他著想才對。」因此，阿熊毅然決然說道：

——你不必在意我的心情。如果你這麼想去那個村子，你就去吧！我會為你善後，不過我和你不一樣，你從小就進入馬戲團，我在進入馬戲團前就有很多社會經驗，我認為自己比你對世間事還明白。你說你要先去當僕人，之後你到底有什麼打算呢？想當僕人也沒那麼簡單，地主的家人好心款待我們，只因為我們是客人。但是對於當僕人的你，說不定會遭到他們的虐待。你也許會被那兇狠的老太婆撲殺。雖然僕人的生活不像我們的生活這般辛苦和痛苦，可是每天從早到晚都得不停地重複該做的事。實際上，「不停地」重複該做的事才真的很辛苦。我認為你不太可能忍受那樣的生活，如果你從那裡再逃跑的話，以現在的世態，你就會走投無路，也許只能到處流浪，之後被送到拘留所。對我而言，雖然到處流浪也是有趣到不想放手，但是只有我這種意志堅強的人，才能夠放棄到處流浪的生活而去工作。我並不是說你的意志薄弱，但是如果可以的話，我認為你應該打消念頭。

見鬼！你想去的決心依然不會變吧！既然如此，我在這裡嘮嘮叨叨發牢騷根本毫無意義。那就先考慮一下出走後，會有怎樣的後果比較實際吧！——

兩人陷入苦思中，暫時沉默。月亮不知何時已經高掛天空，兩人的影子已經縮到他們的腳下，遠方港口的噪音也漸漸小聲了，只有不時傳來船隻的汽笛聲，哀傷地在空氣中悠遠振動。阿熊開口說道：

——喂！這只是一個例子，那是我到處流浪時發生的事啦！簡單說，就是有個男子找不到適合的工作，左想右想終於想出一個辦法。他和兩、三個同夥勾結，自己冒充靈媒。——總之，冒充一個像地主家那個兇狠老太婆所說的惡婆婆，那種具有和死者靈魂交換能力的人，來欺騙那些信仰虔誠的人啦！事先做各種調查了解有關某人家中死者的一切，再到對方家裡，最好是挑選夜黑風高的夜晚，或讓人感到毛骨悚然的黑夜，模仿那家死者的模樣，然後說些諸如因為我在世時吃不飽，在陰間感到很悲哀，無論如何，至少也想再吃飽一點，才會回到家來。或說所謂「有錢能使鬼推磨」真是不假啊！因為我沒有錢，每天都很痛苦，你們可以給我些錢嗎？不但要說這些，還要把死後的情形說得像真的一樣，再回答對方的問話，無論如何讓自己看起來就像是死者本人。所以要好好運用事先所調查的訊息，認真模仿死者生前的特徵，譬如不斷眨眼睛、瘸腳等，或者提到對方家中的一些私事，一定得讓人家相信他就是那個死者。起初，他很順利地賺了不少錢，讓我們大為佩服和羨慕。不過，沒想到後來露出馬腳，有一天警察就逮捕他了。

我不是勸你要這樣做。我是舉個例子來說說世上有很多種生存方式。你和我們不一樣，你一定有辦法想出很多好方法。

對吧！你走吧！跟我們在一起，你一輩子都不會有什麼成就。我既然無法改變你的心意，你就去吧！你不必擔心。我們該回旅館了。無論如何，你也該準備出發了吧！

他們兩人走在月光下。

——你說我該準備出發，其實我也不需要帶走什麼東西。——

——嗯，我知道。你今晚趕快離開也可以。——

——是的。不過，我覺得我們應該先回旅館。兩個人一起外出，卻只有一個人回去，人家一定會懷疑。我認為自己逃跑的消息應該盡可能晚一點敗露。——

——但是，我害怕事情敗露後，你可能會遭毒打吧！——

——嗯哼，我已經被毒打習慣了。我會讓自己過得好的，沒關係啦！……喂，這個、這個錢包帶在身上，多少也能有些用途。——

——幹嘛這樣呢？你這個傻子。——

——聽到沒？拿去。——

——我不要。——

——嘖，這麼倔強，為什麼要拒絕呢？難道是因為太客氣了嗎？還是……——

——我不要，我不要。——

——囉嗦！不要這樣。不拿你就不要走。你這個混蛋。——

最後，阿熊把那個紅色開口錢包硬塞進阿帕的口袋。他們默不吭聲繼續走著。空氣變冷了，兩人在月光與街燈照射下，形成三、四個在他們身邊旋轉舞動的影子。他們急促的腳步直往前走。當他們回到城町的大馬路上，看到遠處旅館的燈火時，阿熊突然像是在哀求般說道：

——喂，阿帕。你將要離開了。我們曾經有過同樣的境遇，也許再也沒機會相見了。可是，阿帕，拜託你有時候要想起我，要想起曾經有過這麼一個朋友。好歹我們也是朋友一場……——

說到這裡，阿熊被自己的話感動地眼淚直流。不過，阿帕以好不容易才聽得到的音量簡短回了一聲「嗯」而已。過一會兒，阿帕又說道：「今晚實在很冷啊！」不過，阿帕後來對這件事感到相當後悔。他覺得自己是不是太冷淡了呢？為什麼對阿熊連一句溫暖的安慰話都不肯給呢？不過，在這裡我們也不必要囉囉嗦嗦敘述當時阿熊心中的絕望和苦悶吧！

接下來的一切，都是在暗中祕密進行。他們順利在三更半夜偷偷地跑出去。不過，阿熊走到樓梯剩三階時突然滑倒，發出極大聲音，兩人嚇得直發抖。那時候他們簡直就像觸電般緊張，幸好旅館內依然一片寂靜，沒人察覺。他們挨著牆悄悄地走下長廊。走到門口附近，他們所踏的地板突然「嘎嘎」作響。接著，又傳來很大的「呼嚕、呼嚕」聲。他們嚇得臉色慘白、嘴唇打哆嗦，直挺挺站住，四目相視。不久，怪聲音漸漸變小，約十秒後就聽不見了。他們這才發現自己走到旅館女侍的臥室附近，那個聲音就是女侍打鼾。他們終於放下心，大步跨過「嘎嘎」作響的地板，來到門口。走到旅館外時，興奮到全身隨著心臟的跳動一起晃動。

事到如今，兩人的心情果然變得不尋常，不知道該做什麼才好？其實，他們什麼都沒做。阿熊只是大大呼了一口氣。阿帕看了兩、三次自己的前後左右，向火車站走了兩、三步。他默不吭聲，只是突然停下腳步回頭看阿熊。不過，現在他又有什麼該說的話呢？所謂言語，什麼也表達不出來。阿帕繼續又走向火車站。阿熊像死了般一動也不動，始終佇立在那裡。當阿帕在最後一個轉角輕輕地回頭一看，他仍然一動也不動地看著阿帕被街燈照亮的黑色人影。

在這裡，就要告別阿熊和馬戲團有關的故事了。因為除了這件事，我不知道阿熊和馬戲團的任何消息，也不知道他們之後到哪裡了。

另一方面，阿帕在黑暗中往那條路繼續走。月亮已經西沉。整個城町好像死了，不過對他而言，他看到一切事物的靈魂發出可怕的喊叫聲，在空中舞蹈著。所有一切即將消失其中的巨大音樂、可怕而無言的歌聲，充滿喜悅卻好像在讚美死亡般的悲痛夜晚和白晝的歌聲，在他周圍如龍捲風般捲起，讓他差點昏倒在路上。

他必須在火車站等待大約兩小時左右。他抱著一種宛如牆壁即將倒塌的心情，坐在候車室內的堅硬椅子。他的左手握著剛買的一張對折車票，右手握著藍白相間的粗條紋鴨舌帽。

坐在候車室內，他心中浮現來來去去的影象，那是十多年來的感情歷史，也是一個又一個的夢想片斷。那是人們最早之歌，也是自然湧現的詩篇。那不是言語所能表現。但是，現在我該以什麼方式來向讀者表達呢？詩篇嗎？對。我認為那是比用散文還好的方式。然而，一般讀者會認為，散文、小說中出現的詩，除了認知到小說中有一首詩的事實外，並不具任何意義，其內容甚至不值得一讀吧！我不得不承認，這真是一件讓我困惑的事。在此我謹提供這首詩給有興趣了解他的心境之讀者，討厭讀詩的人就跳過去吧！我就以詩的形式來表現，假如想將這首詩翻譯為散文，就委託給賢明的讀者為之吧！

夜晚，在暴風雨中行走的人，
只是熱切期待寧靜早晨的到來。
無生、也無死，
無聲、也無言，
無愛、也無恨，
從巨大混沌中，
那首歌才產生。
祈求寧靜早晨的到來。

那首歌才在暴風雨中復活，
那天是，
離別生與愛的一天，
以無神的眼睛看著，
一切被吸入深淵中，
走入狂暴的暴風雨中。
從深淵中，
不久傳來的聲音，
是讚美英雄求愛的歌。
喜愛悲痛的蜘蛛絲。
愛上空虛的死人之家。
譴責自己和自身的境遇，
跪在孤獨祭壇下，
主啊！「殘酷」
不久暴風雨對犧牲，
處於嚴苛的拷問、幻影。

寧靜的早晨，
懷抱無限的愛，
慢慢地起身。
然後以柔和而白皙的手，
優雅地、溫柔地，
友善地邀請，
舞一曲「生」之歌。
然而，
其背後，
巨大的深淵突然張開漆黑的口。
已被遺忘的苦惱之屍，
開始舞一曲悲哀的回憶。
宛如被拋棄的難言低語，
漸行漸遠的「友人」
不久全都重疊在一起，
睜大眼睛，咬緊牙關，

漸漸融入於黑暗之中。

黑暗，黑暗，

而他深深地嘆一口氣。

諸君！我真是感到太羞恥。我自己也驚訝，竟然就這般厚臉皮寫下一首詩了。之後我們的主角坐著火車，繼續一段漫長且充滿希望、苦悶、期待以及斷念的旅程，但我不知道該如何來敘述才好。我也沒有道理，在此厚顏地再寫一首詩，請寬恕我這個不高明的老朽作家吧！阿帕還是繼續前進，請不必擔心。他實在太疲憊了，幾乎是一直熟睡到翌日早晨，不過我也並沒有過度省略。其實，在拂曉時分，他幾次讓可怕的惡夢折磨而發出呻吟差點驚醒，可是無論如何描述這種事也引不起關心的吧！總之，就請諒解吧！

後段

故事還是回到最初的地方。阿帕來到這村子，每天都到處遊盪。剛來時，如果立刻去找那個地主也許還有個投靠之處，可是一想起阿熊的忠告，就躊躇不前。這種遊盪的日子過得愈久，想去投靠地主一事就愈難成行。因為他總覺得不好意思，不安的情緒又阻止他下定決心去投靠地主。對他而言，這種遊手好閒的日子絕不快樂。由於每天都是省吃儉用，再過個兩、三星期還不成問題。但是這並不是他最痛苦的事，造成他最大痛苦莫過於村子的警察，還有那些乞丐的同夥。關於這些人，以前經常聽到馬戲團團員的告誡，所以他非常小心。大致上，他已經體會出應該如何避開他們，也知道自己應該如何行動。首先必須要注意的，就是一開始絕不能有類似流浪者的行為。

——（關於他在途中所遇到的伙伴，必須更仔細查閱文獻資料。）

……………………………………

他每天就是這樣過日子。在那些日子裡，他每天都有一種「明天一定會更好」的憧憬。他每天都從村子這一頭走到那一頭，從這個角落走到那個角落，好似有什麼人在等待他。「嗯，下一個轉角一定有人在等我吧！嗯，我以為從那房子會有人走出來歡迎我。那塊空地聚集的人群，當中也許有我的兄弟吧！」

當他累了就躺在橋下或草原上。夜晚，他在寒風中縮著身子，低聲道：「啊！今天也這樣過了。」含著淚水的眼睛凝望模糊的星星，漸漸陷入沉睡中。

他已經有兩天沒吃東西了，連站起來都覺得吃力，因此他還是躺在橋下的河灘上，自言自語不知在嘟囔些什麼。時而看著不停變化的雲朵飄去，時而看著從橋上通過的路人。我到底該如何是好？這是他當下最大的問題。他不斷反覆思考：「我到底該如何是好？我到底該如何是好？」結果他就這樣遊手好閒到今日。他曾一度認為，應該拜託警察幫他找出家人。不過，就他一直以來的社會經驗，「警察」一詞具有一種特別的含義。所謂警察，他認為就是不管對方是善或惡，一定會加害人家的人。何況他現在還是一個逃亡者。假如警察得知這件事，不知道他將遭受到如何悲慘的災難。因此他下定決心絕對不去找警察。他總認定情況一定會有所轉折，至今他都是抱著這種信念度過每一天。但是，這倒不是因為他生性樂觀，而是他比較關注其他事而顯得有些輕率。

他開始決定加入乞丐一夥，不然他可能就會餓死了。假如我的讀者都像諸君般是優秀的理想家的話，走到這種境地，一定會悲痛到投河自盡吧！不過他並不想去模仿那般高明的方法。一旦當了乞丐，除非有什麼重大契機，否則他很難脫離乞丐伙伴。雖然他自認內心熱情，卻看不出自己有如阿熊所說的堅強意志力。

不過，世間上到底會發生什麼事？會在什麼時候發生？又會在什麼地方發生？完全不是我們所能預測。這時候，就在他眼前發生一件實在是不可能、又不可思議的偶發事件。

有一輛汽車，其實連這種事都是不可思議，以猛烈的速度往橋上疾馳而來。這個村子啊！一年到頭能看到汽車的次數屈指可數。這時候，地主家那個身強體健的老太婆到鎮上買「新鮮的魚片」，剛好路過橋上。她為避開汽車慌張往右跑，沒想到汽車也突然轉向和她同一個方向。她驚嚇地叫出「啊」的一聲，急忙往左邊逃。聽到她的叫聲，阿帕大吃一驚抬頭往橋上看。這時候汽車也突然轉向跟她逃跑的同一方向，然後發出很大的煞車聲。可是一切都來不及了。汽車撞出欄杆，一半的車身都衝出橋外，老太婆頭朝下掉落河中，一下子就不見蹤影。河面很寬，水流又喘急，在附近的人，有人邊放聲大叫邊往下游跑去，其他人則跑往那輛車的方向。

雖然僅是一瞬間的事，阿帕的腦海中卻在閃爍出很多的念頭。首先他感到很危險！

接下來的片刻，他認為那個老太婆死了才好。雖然產生這個念頭的理由只在一瞬間，卻已經成立了。但是我無法在短時間寫出那個理由，只能盡可能寫得簡短些。那時候，他想起阿熊告訴他的那件事。當靈媒！只要當上靈媒，自己就可以取代老太婆住在地主家。這麼一來，我就不必以僕人的身分，而是以家庭的成員住進那個家，我就不必當乞丐了。我住在地主家期間，也許有機會找到我的家人。因為他有這種想法，所以才會希望汽車撞死老太婆。

當他看到一切都如願實現時，卻感受到一種說不出來的模糊恐怖感。不過他立刻站起來，憑著本能知道自己該如何做才對。他看到有幾十名群眾鬧哄哄往下游跑過去。對！就是現在。我應該先給他們看一個奇蹟。

他一躍而上，一溜煙就往山那邊奔跑過去。儘管如此，當他一看到地主家的房子，全身發抖到停下腳步；大大喘一口氣，才一步一步爬上去。他感到非常不安，「我到底是不是在做壞事呢？為什麼？我就要去說謊話，去騙人。可是，不然的話，難道我想要當乞丐嗎？」但他依然一步一步往前走。

那時候，約下午三點，地主不在家，地主太太坐在廊下邊喝茶邊等待老太婆從鎮上回來。「今天已經這麼晚了，她怎麼還沒回來呢？到底在做什麼？她不是說今天打算移植萬年青嗎？」太太邊想邊往道路方向望過去，看到一個少年漫不經心地走過來。看起來少年大約十五歲，走路的樣子卻宛如七十歲老人。她覺得那真是一個奇怪的孩子，而且那少年還頻頻抬頭往她這邊看。他的動作實在太怪異，仔細一看，她覺得曾在哪裡見過那少年。不久，她實在忍不住就笑出來了。因為他的動作很像自己的婆婆。他不時還會舉起右手往肩膀「嘣嘣」捶，以手背擤鼻涕的動作，以及走路的樣子都很像自己的婆婆。哎呀！真是一個愛惡作劇的孩子。當她仔細再看，發現那不就是曾經到家裡來玩的那位馬戲團少年嗎？他一定又想來家裡玩吧！當她正這麼想著時，他卻宛如進入熟悉家中般走進屋內。他氣喘吁吁，好像就快昏倒：

——我回來了。——

太太忍不住捧腹大笑了。

——哎呀！好奇怪的孩子。可是你真的好會模仿啊！真的好像我家婆婆。——

她這樣的反應反而讓阿帕放下心。他沉著說道：

——咦？妳為什麼在笑呢？我才覺得妳真是奇怪啊！我遭受災難，難道妳不知道嗎？——

太太頓時停止笑意，呆呆地盯著他的臉看。當她看到對方認真又激動到發抖的樣子，已經笑不出來了。突然有一個可怕的想法迅速閃現。

——到底發生什麼事？——

——我啊！現在已經死了。在松尾橋那裡，有一輛汽車衝過來，我往右跑它也往右跑，我往左跑它也往左跑，我就這樣在橋中央被車子撞倒。正好這孩子就躺在旁邊，所以我就附身在他身上趕緊跑回家。

但是妳不要害怕，也不要擔心。以後我還是可以經常像這樣附身在這孩子身上。

啊！這一切都是佛祖賜給我的恩惠。我沒有任何不滿。我只希望有人為我唸佛。哎呀！我該回去了。我不能一直附身在這裡，啊！現在，現在……。——

話一說完，他就昏倒過去了。這種動作半是他自己的意志，半是身體自然而然的反應。如此一來，他當真昏迷了。太太驚嚇到好一會兒都說不出話了，身體也僵硬了，但是看到孩子如同死人般一動也不動，她突然醒過來，急忙把他抱進房間裡，讓他躺著。她脫下他的外套，又用沾濕的手巾擰水到他的口中。正在驚慌失措的時候，地主和鄰居一起邊哈哈大笑邊回來了。太太非常生氣，跑出去大聲斥責，因為不曾發生過這種事，地主跟其他人都嚇到了。

——哎呀！你怎麼還笑得出來？發生大事情了。死了。你們兩個人，趕快去，趕快去河邊吧！山田桑，不好意思，因為真的很嚴重，麻煩你趕快到城裡請來醫生。——

地主丈二金剛摸不著頭，可是也感到事態嚴重，伸出半個身子向外大聲喊道：

——到河邊？為什麼要去河邊啊？什麼河啊？——

——就是那個橋啊！橋啦。——

——橋？——

——就是母親啊！母親啦。——

那時候，地主已經走到離門口約十公尺的地方，山田桑也跟在他後面，敏捷地跑過去。

太太又急忙跑進房間，一看阿帕已經醒過來了。他正望著天花板發呆。看到他這樣子，她才放心。不久他眼神空洞地看了太太一眼，再度沉睡。不過，太太這次就不再擔心了。

太太不安地在房子裡轉來轉去，不久沮喪地來到阿帕身邊，坐著低頭凝視他的臉。太太看了一陣子。真是一個俊俏的孩子！事實上，他那張毫無邪念、呼吸均勻的沉睡臉龐出乎意料地優雅、俊美。太太對這個超自然現象不知不覺已經深信不疑。凝視他安靜的表情，太太漸漸恢復平常心。不過她絕無法相信婆婆已經死了，因為實在無法理解。尤其看到現在這種不可思議的現象後，她並不覺得悲傷或害怕，只是感到不安。這種不安跟村長要來的前一天的心情並沒兩樣，只是感覺更多些。

不久，她開始因一種不明理由的混亂思路而煩惱。據婆婆說，她時常會附身在這孩子身上。那麼附身時，這孩子就是婆婆了。不過，其他時間這孩子還就是這孩子。沒人知道什麼時候婆婆會附身在孩子身上，所以我應該一直把他留在家裡。幸好我沒有孩子，我可以收這孩子為養子。假如收他為養子，應該不會有任何問題。只有讓他當養子我才會開心，加上他又可讓婆婆附身，真是再好不過了。可是，丈夫會怎麼說呢？我想他沒理由反對。這確實是佛祖賜給我們的恩惠。啊！我們真是太有福報了。話說回來，戶籍又該如何解決呢？婆婆不是已經死了嗎？太太腦海中忽然浮現婆婆屍體的瞬間，不由得驚恐得跳起來。真是奇怪。那個屍體已經不是婆婆了嗎？那到底是……那到底是什麼呢？但剛剛附身在這孩子身上的確實就是婆婆啊！所以那屍體確定不是婆婆。雖然太太這麼認定，可是一想到那個和婆婆一模一樣的肉體——屍體，終究還是有種不可思議的感覺。那不過就是一個失去靈魂的肉體而已，無論怎麼想怎麼看，她也無法讓自己信服。

但是，她這些莫名奇妙的思緒卻被外頭傳來眾人的談話聲打斷。她急忙站起來，才走到廊下，就看到有幾個人抬著一個長長的白色物體，很多村民也跟著一起走進來。她完全明白了。她匆匆忙忙跑到佛壇拿來一串閃閃發光細緻白水晶念珠，雙手合十，低聲唸經。

時間飛快，四天過去了。老太婆的葬禮也結束了，家中的混亂情況已告一段落。不過，地主和太太都不像幾年前父親離世時那般悲傷。地主聽了太太談起如何安置阿帕的意見，也都完全同意，心情頗為開朗。阿帕有時醒來，看起來好像還沒完全恢復，太太餵他喝水，給他吃些流質的食物。其實，他在第二天就已恢復意識，思維也如平常。只是因為很餓，感到比較累，身體並沒什麼異常，可是他卻沒勇氣起床。當大家忙著辦喪事，他獨自待在房間，感到非常煩悶。他的願望幾乎就將達成。第二天晚上，他已清楚聽到太太告訴地主如何安置自己。所有一切事情竟就如他所想般稱心如意，他終於能夠住進那個從窗子可以看見屋內點著溫暖燈光、自己所憧憬的家了。

然而，他的心情並不開朗，也不覺得開心，毋寧說他後悔了。然而，事到如今，又能怎樣呢？自己已經犯下可怕的錯。說起來，人應該順應的對象不僅是肉體或感情，為求生存，人必得要自己創造新道德。在這種情況下，他只能熱中或依靠兩個立場，並且要堅信和努力。所謂兩個立場，因為自己只是孤單一個人，實在受不了獨自在冰冷的生活中受苦，雖然他做的事情可能是詐欺，自己並沒有去害任何人。況且這件事還會讓三個人都覺得很幸福，毋寧說這是一件好事。所以在他的內心不斷鼓勵自己：「對啦！對啦！我正在做一件好事。」

雖說如此，在他心中的某部分仍然無法安心。他說服自己——那是因為還不習慣才會這樣，稍待時日，一切都會很順遂。他要努力讓自己放下心來。

無論如何，有一件事卻讓他覺得很放心。那就是模仿老太婆很成功的事實。光是這一點就讓他覺得接下來可以順利、安心地過日子了。不過，只是靠模仿這一套功夫還是令他害怕。即使只是片刻也好，總希望可以不必再模仿老太婆。因此，他就閉上眼睛，煩悶地躺在被窩內四天。但是這樣一動也不動，實在悶悶不樂，就像受到嚴厲的拷問。他快忍受不了，如果這種狀況一直持續下去，自己一定先發瘋而大聲講出所有事情。縱使沒發瘋，他也有好幾次衝動到很想這麼做。第四天早晨，東方天空既白時，他不知下了幾次決心，今天我要起床，就是現在我要起床。但是要起床之際，對於起床後的擔心比起躺在床上的煩悶更大，所以又繼續躺下去。他很無助、很不安，差點就要放聲哭出來。啊！比起現在這種悽慘的狀況，以前的生活真是好過多了。如今無論有多麼痛苦或悲傷，連一口氣都不可以哀嘆。他只能默不吭聲，像死者般一動也不動，沒有任何人會同情他。

阿帕就這樣過日子，直到第四天傍晚，聽到隔壁傳來地主和太太靜靜在吃飯的聲音，才毅然決然慢慢起床。最初，他踉踉蹌蹌又快坐下去，緊張地走了兩、三步，感覺還好，頭腦也變清醒了。當他來到門前，到底還是膽怯了。這個狀態讓他覺得心情惡劣且痛苦，但是於是他鼓起勇氣輕輕地拉開隔門。他模仿老太婆，「哎喲」一聲一屁股就坐下去。雖然太太是第二次看到他如老母親的動作，仍然吃驚到把她手中一碗湯給灑了。地主第一次目擊這個奇蹟，驚嚇到不由自主地倒退三尺。阿帕認為事到如今怎樣都好，全豁出去了就開始說話。

——啊！我終於回來了。喪事告一段落，你們也可以放下心了。喔，不必露出那種驚恐的表情。我還是像有肉體的時候，一樣在過活呀！一般人都以為，人死後會到另一個完全不同的世界。這是錯誤的。在陰間我們也同樣聊天，說說笑笑過日子。沒有任何不同。——

地主提心吊膽地問道：

——您的意思是，您現在住的地方是？——

——傻瓜。哪有什麼住的地方？那只是在擁有肉體的時候，才有意義的問題。——

接著太太說道：

——您要不要吃飯？——

——好，吃個飯也好。我啊！這樣出現的時候，就跟生前沒兩樣啦！——

太太急忙準備飯菜。阿帕盡可能少吃一點，因為很餓，不知不覺間開始狼吞虎嚥。地主夫婦跟他說話或問話，他也心不在焉地胡亂答應。地主夫婦完全被他的氣勢壓倒，只能時而發呆，時而四目相視。

時間就這樣流逝，阿帕憂心忡忡用完餐後，開始忐忑不安起來。他不知道這場戲到底應該演到什麼地步才好？他也很害怕往後可能被地主夫婦問到有關過世家人的消息而露出破綻。同時他也認為地主夫婦沒有提起他們家老爺爺的事很奇怪，所以在他們說出來前，自己應該隨便說幾句才夠阻止往後被他們懷疑。

——我啊！死後就碰到我那口子，他高興到哭出來了。——

聽了這話，地主吃驚訝到瞪大眼睛說道：

——哎呀，那麼堅強的人，怎會這樣呢？——

——不，不。只有在肉體存在時才會那麼堅強。在陰間，所有人都變得很脆弱。我也變得相當脆弱，動不動就掉淚。——

總算把話給搪塞住，不過他覺得整個身子突然發熱，臉色變紅。幸好地主好像頗有同感，不斷點頭地說道：

——嗯，確實如此。人的靈魂一離開肉體後，整顆心就完全淨化，任何邪念都沒有，也沒必要逞強好勝了。——

太太也露出心有戚戚焉的表情而閉上眼睛。阿帕看到地主夫婦完全相信的樣子，心中卻感到有些淒楚。他覺得已經到不得不結束模仿的時刻了，卻想不出什麼好方法。地主和太太輪流問他，諸如：從陰間看陽間，看得見人嗎？您遇過佛祖嗎？每天怎麼過日子呢？陰間也有白晝和黑夜嗎……之類的問題。阿帕提心吊膽胡亂回答，暗中一直拚命找機會趕快結束這場戲，卻找不到縫隙。於是他鼓起勇氣，下定決心大膽地說道：

——哎呀！糟糕。我有事，不得不趕快走。明天再回來。——

話一說完，阿帕露出茫然的表情，往四處東張西望。他裝作完全聽不懂地主夫婦所說的話。地主夫婦看到他這種樣子也無話可說了。看來他們反而有些不好意思的樣子：

——啊！這裡我曾經來過，就是那位地主的家吧！為什麼我會在這裡？——

雖然地主把所有事情的原委詳詳細細地說給他聽，阿帕仍然表現出丈二金剛摸不著頭的困惑表情而直搖頭。接著太太又跟他講了很多事，然後對他說：「事情就是這樣，所以你可不可以當我們的孩子呢？」阿帕露出困惑的表情而沉思著。

——我們知道你自己也有種種的事情要考慮，如果有什麼難處的話，就告訴我們。我們會想辦法幫助你。我們希望幫你解決所有困難，真的很希望你正式入籍來當我們的養子。——

阿帕聽到如此親切的話語，感動到幾乎要說出所有真相，可是他藉著忍住鼻涕、眼淚直流的力道，努力阻止自己的衝動，然後猶豫地說道：

——我並沒有什麼難言之隱，其實我是從馬戲團逃出來的。如果這樣也可以的話……

——原來如此。你一定有什麼特別的理由才會逃跑吧！——

——對。不知道為什麼我總覺得自己的父母兄弟都住在這個村子，所以才會忍不住逃出來。——

——對啊！之前也曾聽你說過這件事。——

——嗯，所以我非常懷念這村子，才會忍不住逃出來。而且我很羨慕別人有家人。我想只要來到這裡，也許我就可以找到家人。即使我找不到家人，總覺得這裡會有什麼好事在等我。因為我每天都過著孤獨的日子，非常寂寞，真是無可奈何。

那天晚上，我忍不住從馬戲團偷偷地逃跑出來了。我坐火車又走路，經過兩天終於來到這裡，雖然我無處可去，但總認為有什麼好事在等我，所以每天到處徘徊。——然後，他在不知不覺中紅著臉專注地把自己的一切故事都說出來了。——那一天，我躺在橋下想著，事到如今我已經完全沒辦法了，原本打算明天起就要加入乞丐的行列。後來發生什麼事，我都不知道。聽到兩位所說的話，我大致才明白。可是對我來說，這些事情很像一場夢，實在無法叫人相信。」說完後，聰明如他又加上一句：「我想這一切應該都是佛祖的恩賜。但是，我怎可能會遇到如此幸運的事呢？實在叫人很難相信，難以相信到讓我感到害怕。——

地主夫婦由衷同情他的境遇，簡直就要哭出來地說道：

——不。並非如此。你很善良，才會發生奇蹟。啊！南無阿彌陀佛、南無阿彌陀佛。讓我們竟然也遇上了這個奇蹟，真是可喜可賀。無論如何，我們一定會排除萬難幫助你尋找雙親，還沒找到之前，你就安心住在這裡。不過，就算找到你的雙親，希望你有時候也能夠來這裡走一走，因為我家的老母親也還在呀！原本希望你能當我們家的孩子，永遠住在這裡。可是這實在是一種奢望。對不對？老婆啊！——

說到這裡，地主轉頭看著太太，太太頻頻拭淚地說道：

——對啊！真的就是這樣。對我而言，只要你願意住下來，我就覺得太好了。至少在這段期間暫時住在這裡的話，我也是很高興。

我相信很快就可以找到你的雙親。佛祖的法力廣大無邊，至今為止賜給你那麼多的恩惠，現在又怎會棄你不顧呢？我想佛祖必定也很同情你的可憐境遇，加上祂也明白你思念父母兄弟的心難能可貴，可喜可賀。啊！南無阿彌陀佛、南無阿彌陀佛……。——

然而，對阿帕來說，一聲又一聲慈悲無邊的南無阿彌陀佛，卻宛如魔咒一般。聽得他不由自主地發抖了。一切事情都順利進行，確實很美好，可是這一切也進行得太過於順利了，那讓他有一種惡魔附身般的畏懼感。

他太緊張，以致一躺進被窩裡，就像神志昏迷般昏睡。地主夫婦認為老母親剛過世，總不好隨意顯現開心的模樣。可是在他們的心中真是太高興了。對他們來說，唯一擔心的是萬一很快就找到孩子的雙親，也許不久他就要離開這個家。還有就是警察如何處理馬戲團的問題。總之，目前他們實在太開心了，兩人一左一右坐著看阿帕睡覺的臉龐。

——看起來，真是一個好孩子。——

——這孩子應該不會有什麼問題。——

——如果能夠一直住下來就好了。——

——確實如此。聽說這孩子名叫「花丸」什麼的吧！這名字太可笑了，真可憐。——

——就是這樣嘛！我也有同感。我們來幫他取個好名字。——

——明天起，我來教這孩子認字、讀書吧！——

——讓他看書？千萬不可以這樣做。剛開始應該讓他慢慢適應家裡的生活。讀書的事，以後再說吧！——

——我知道了。雖然我覺得有點怪，還有一個問題，明天老母親回來時，應該弄點什麼給她吃呢？魚料理不知道可不可？——

——嗯，我也不知道，真的不知道。我覺得好像可以，又好像不可以。這的確很怪。我實在弄不清楚老母親到底還在世呢？還是已經過世了呢？——

夫婦倆就這樣滿心期待地聊得很起勁，直到半夜三點才就寢。

翌日早晨，阿帕醒來時，太陽已經高掛天空了，無窮無盡的噩夢嚇得他滿身大汗。真是好可怕的夢啊！那個夢盤據整顆腦袋瓜，讓他覺得一整夜都在做噩夢。起床後，那個夢還牢牢烙印在腦海中，忘也忘不了。那個夢是這樣的，在凹凸不平、一望無際的平原裡，到處都是石頭。白色的土地上，同樣顏色的天空中好似垂下沉甸甸的一張帷幕。無風。所有一切都靜止不動，連一粒沙也動也不動。光是這種狀態，就讓他感到非常恐懼。任何人都曾有過做噩夢的經驗。這種恐懼不需要任何理由，噩夢本身就象徵著恐懼。他希望至少身邊能有什麼聲音或什麼物體來刺激自己，但是那裡什麼都沒有。只有靜止的前景、令人窒息的虛無感，還有讓人想大聲吶喊的焦躁。不過，他很快就鬆了一口氣。因為遙遠的地平線上，出現一個黑點，那黑點逐漸變大。那並非愈來愈靠近，而是愈變愈大，好像在看小學生畫的圖般，完全失去距離感。不久，當他明白那是什麼時，反而感受到一股強大的恐怖感，於是一溜煙就逃跑。可是他抓不到逃跑的要領，以致認為可能是地心引力變強了。他試著全身用力跳躍的方法逃跑，果然變得比較順利。當他拚命奔跑時，忽然發現背後出現一座黑色的佛像。雖然全身漆黑，眼睛卻是火紅色，而且滿是眼屎。它的臉上露出下流的笑容，還發出「嘿嘿呵呵」的笑聲。雖然這樣的形容太抽象又不自然，實際上就是如此，所以我也不知道該以什麼方式來形容才好。那真是令人毛骨悚然。他自覺已經離它很遠了，回頭一看，佛像的下半身沒入地平線下，可是身高太高，一顆頭差點就要頂住天空。由於它不停地笑著，看起來整張臉好像只有嘴巴。阿帕終於跑不動，精疲力竭躺在地上，身體不斷發抖。不久，他的耳際響起「報應啦」的聲音，然後聽到四、五個人大笑聲。他吃驚地抬頭一看，原來自己已經死了，身邊還有地主夫婦、老太婆、馬戲團老闆娘以及阿熊，離他很遠的地方則有不知是幾十萬還是幾百萬名警察井然有序地站立。每個人都目不轉睛，眼睛眨也不眨一下。老闆娘用一把大刀開始要把阿帕碎屍萬段。他悲傷到抱住老闆娘懇求原諒，不過沒有任何人理睬他。他邊哭邊抱住阿熊。他實在太後悔了。阿熊也是不理他，反而好像很開心地看著阿帕被碎屍萬段。

如此亂糟糟一陣子後，阿帕清楚記得的是，當他躺在橋下時看到的情景。老太婆和汽車在橋上互撞，一下子一起往右、一下子一起往左，好像快要衝撞卻並沒撞上。當他無意間看到這情景時，有人以手肘捅了他一下，原來是阿熊。阿熊如此說道：

——你看！真是一個千載難逢的好機會。你為什麼不希望她被撞死呢？只要你有這樣的期待，所有的事情就會如你所希望地進行。為什麼不許願呢？——

阿帕回答，假如希望發生這種事還不如當乞丐算啦！阿熊一聽，大吃一驚跳起來叫道：

——偽善者。——

同時，正在橋上跑來跑去的老太婆也叫道：

——對。你根本就是偽善者。——

然後，他接連又做了很多毫無意義的夢以及噩夢。最後的夢，就是在地主家展開。他畏畏縮縮地坐在屋子的角落。他的面前，則是坐著地主夫婦和他的父母親。他的父母親站起來說道：

——算了，我要回家了。這孩子怎會是我家的兒子呢？他所做的事，難道不像在殺人嗎？何況他還是個騙子。我絕不想收留這種孩子。我打算立刻到警察局去告發他。不管你們怎麼說都沒用。——

最後，他們兩人氣呼呼地就往外走了。他感到悲傷地痛哭，追著父母親跑出去。可是他跑到門外時，已經看不到他們的蹤影了。他無精打采地回到房子，流露很悲傷、後悔的模樣。看他這種樣子，地主平靜地說道：

——我很同情你。不過你是一個忘恩負義的人，將來也許不知道又會做出什麼壞事。你也知道我們家世清白，雖然不好意思，還是希望你離開我家。——

接下來，太太也溫柔地說道：

——實在沒辦法。凡事都有因果報應。如果可以的話，我希望你能夠住下來，不過警察就要來了，讓你趕快走，也是由於我們對你的同情。話雖如此，像你這樣冷酷、忘恩負義的孩子應該不懂我們的愛心。趁現在趕快逃吧！只要你往後山逃的話，應該就沒事了。——

這時候，從外頭傳來喧鬧的吵雜聲。他不假思索地跳起來，打破後面窗子，拔腿就往山上逃跑。那瞬間，他清楚地聽到在他背後的聲音如此說道：

——你看！就是這樣。不但沒感謝我們，還打破窗子逃跑。那孩子真是鐵石心腸，毫無感情。一般人的話，擔心自己被抓之前，也應該是誠心誠意想報答我們的恩惠才對啊！——

聽到這些話，他變得非常厭惡自己。當他想轉頭回去證明自己不是那種人的瞬間，突然發現自己墜落黑暗的深淵而驚醒。那瞬間，他又聽到有人如此說道：

——他還是不肯回來，真是一個不知感恩圖報的傢伙。——

他的心情惡劣到極點，頭痛到想哭，搖搖晃晃站起來，看到外頭陽光晴朗、美麗雲朵飄浮天空、晃眼的綠樹、遠方有紫色薄霧的山丘。他用力吸進一口早晨的清爽空氣，感覺比較舒服了。他發現地主夫婦已經起床，吃驚地趕緊換穿衣服，把亂七八糟的被子收拾好，跑到太太面前。真糟糕！他覺得自己非常沮喪，害怕自己可能受到責備。不過，太太看到他，溫柔地笑道：

——哎呀！起得這麼早。我以為你會睡到中午。我馬上準備早飯，你先洗把臉吧！毛巾在這裡。——

阿帕的腦子一片混亂，邊紅著臉邊恭恭敬敬地接過毛巾，無精打采地走到庭院的井邊。地主正好在那裡修剪萬年青，一看到阿帕，很愉快的大聲說道：

——啊！早安！你看萬年青，這是城裡的花店分株給我們的，老母親最愛的寶物。——

阿帕一聽到「老母親」這名詞，整個頭就開始昏起來。他不知道該如何答應，只蹩扭地站在地主背後，這時候從屋內傳來太太「吃飯囉」的呼叫聲。地主慢慢起身，對阿帕說道：「快去洗臉吧！」地主洗了手後，輕快地進入屋內。阿帕則是刷了好幾次牙又洗了好幾次臉，才慢慢走進屋內。因為他怕自己髒兮兮的樣子，讓地主夫婦覺得不乾淨。不過，看起來地主夫婦好像很開心，他也試著表現出愉快的神情。但是他卻裝不來，所有動作顯得不自然而笨拙。吃完飯後，他想幫太太收拾善後。她笑著阻止道：「這不是男孩子該做的事。」這反而讓他感到難受、坐立不安。

此刻，他又產生一個新的煩惱。他發現對於別人給予他的事物，自己卻無法回報任何東西。他很羨慕那些有能力給予的人。依這樣下去，他將成為負債愈來愈大的一方，一想到比現在更大的負債，他就感到全身顫慄。因此，他憑本能想努力幫太太的忙，太太希望他能夠一直住下去，所以並不喜歡他幫忙做這些事。對太太來說，毋寧希望他任性地纏著她要求東要求西，反而會讓她感到開心。所以他不得不想盡辦法忘掉苦悶。不久，地主為查看全村的戶籍，前往村公所。這麼一來，家裡只剩他和太太，這讓他有一種忍受不了的孤獨。太太溫柔地跟他談話，他卻感覺疲累、很拘束。

——你真是很有禮貌的孩子。你怎麼就像在別人家作客般拘束。放輕鬆些！把這裡當成自己的家就好。——

他半開玩笑地說出自己心中的苦悶，答道：

——可是，我根本不知道自己家的樣子。——

太太發現自己說出不該說的話，臉紅地說道：

——哎呀！原來如此。沒關係。那就當作你以前住習慣的地方吧！——

——但是，我以前住過的地方，每天都得工作。——

——好吧！讓你不要有這種不好意思的感覺也是很重要。我怕你還不習慣新環境時，我們兩人面對面互坐，會讓你很拘束。那麼，午飯之前，你到山那邊去走一走，散一散心，這樣應該會比較輕鬆。——

——到山裡有什麼事可以做嗎？——

——嗯，沒有。你只要隨意走一走就好，我覺得你這樣會比較愉快。——

他好像接受命令般無精打采地走往山坡，太太看著他細長的背影，有種想哭的感覺。在那種環境長大的人就會變成這樣嗎？那張溫文儒雅的臉龐，為什麼心境卻這麼孤獨而黯淡呢？看起來還不到十五歲的孩子，竟然可以這般堅強地獨自走出來嗎？真是可怕。為了讓他喜歡這個環境，我該怎麼做呢？不過，假如不久就找到他的父母親，他不習慣這裡的環境反而可以讓他無牽無掛地離開這裡。哎呀！這不是我該考慮的問題，我只能求佛祖保佑而已。

阿帕從陡峻的傾斜山路，好似在思索般一步一步往上爬。走過一條架在湍急河流上的三根圓木做成的橋，坡道開始沿著山腰繞。看來這條開在山中的小路，整年都見不到陽光，土壤濕漉漉而變黑。山路的右邊露出大樹根、岩石、紅條紋的地層，垂直的山壁有兩公尺高，左邊是開闊而可以眺望村子的地形。陽光照耀下的村子顯得晴朗又燦爛，正中央有一條河川流過，分流出幾條灌溉渠道，水流被陽光照得閃閃發亮，讓人的眼睛感到眩目。那條河往右蜿蜒地流著，漸漸消失在視野。他好不容易走到平地，約走了一百公尺左右的地方，他看到村子裡的幾個孩子正專注地在釣魚。和煦微風把涼爽的空氣從山上吹下來，讓在田裡耕作一整天的農民消除所有的疲憊。充滿生命力的初夏白雲和深藍色天空美麗地融合為一體，把世間一切無論是善是惡的靈魂或所有的存在，變成只為自我目的而活的理想主義者。在此刻，所謂的生命是不存在的。因為存在本身就是生命。在此刻，所有一切都不必為活下去而努力。只要思考到底想做什麼就可以。善與惡、愛與憎、生與死，這一切全都融入巨大的生命潮流中，在此絲毫沒有任何對立。所有一切全部融為有意義的存在。

然而，現在他坐在山腰路上一塊腐朽樹墩的脆弱肉體內僅只寄宿一個靈魂而已，好似飛沫般從巨大的生命潮流中飛到另一個世界，沒有任何人會覺得不可思議。而即使那光芒四射的太陽表面也會出現黯然無光的黑點。其實，那顆黑點才是擁有最強大的生命力，也是懷抱著激昂精神的躍動。

他終於脫離幾天來的緊張心情，稍微感到輕鬆些，但是這並沒有減輕他絲毫的苦惱。一直因為外在緊張的一部分靈魂，跟其他部分的靈魂結合在一起，開始專注地刺向躲在內心深處蠢蠢欲動的惡魔。這時候，忽然從山上那頭傳來微弱的聲音說道：「人是你殺的！」他似乎還聽到些什麼，可是聲音太微弱而聽不清楚。他毛骨悚然地站起來。他在心中反覆那句：「人是你殺的！」他順著聲音的方向盯著看，除了一片茂密的樹林外什麼都沒有，周邊如死亡般寂靜。他認為也許是自己聽錯了。不過一這麼認定之後，好像所有的聲音都在說：「人是你殺的！」甚至樹葉搖曳的聲音，有時聽起來也好像是「人是你殺的！」不過那聲音聽起來實在太清楚了。他暗忖，也許那是什麼人在山上殺了一條狗之類的動物，另一個人為推卸責任所喊叫的聲音吧！也許因為他站的地方離山上很遠，所以只能聽到這樣的聲音。阿帕眺望充滿生命力的村子，無論如何，他相信事實就是如此。那種奇怪的事絕對不可能發生。何況人不是我殺的。這時候，他突然想起昨晚的噩夢。忍不住放聲說道：

——人不是我殺的！——

他被自己的聲音嚇了一跳，慌張轉頭看看周圍，是否有人聽到他的叫喊，結果連一條小狗也沒有。雖然，他「哇哈哈哈哈哈」地大笑，他的臉色卻莫名奇妙地變得慘白，鼻頭冒出一粒一粒的汗珠。他思索著，我到底在害怕什麼呢？我到底犯了什麼罪呢？當然我不能說自己完全無罪。現在我是個逃亡者，而且還欺騙恩人。但是這些罪過確實事出有因，應該可以得到寬恕。因為我沒有真正做過任何一件壞事。我所遭受的境遇是這般不幸，毋寧說我處的立場是值得眾人的同情。我到底是在苦惱什麼呢？

可是，以這種辯解來讓自己獲得短暫的心安，一下子就過去了。現實上的考慮，立刻又讓他陷入恐怖與不安而感到垂頭喪氣。現在回到地主家中，我又得不斷反覆自己無數的罪過。我當真耐得住良心的譴責嗎？一到傍晚，我又得去模仿老太婆附身的模樣。世界上難道還有比這種事，更叫人不愉快的可怕事情嗎？為何我必須模仿死人而去欺騙那些比自己具有更高尚人格的人呢？假如我勇敢地揭露一切祕密，心甘情願接受他們的斥責，不知該有多幸福啊！然而，對我來說，再沒比被他們認為我是壞人更可怕的事了。

經過長時間的身心煎熬，阿帕的容貌已經完全改變了。假如以前馬戲團的伙伴看到他，應該認不出他就是那個阿帕吧！他的眼窩深陷，黑眼圈環繞的眼眶中閃著激情的眼光，火熱赤紅的嘴唇好像一直在說話般不停微微抖動。他太不安了，無法安靜地佇立，只能開始又往上爬。此時，他突然感到精疲力竭，每一個腳步都直接震動著腦袋。他走不到五十步，已經喘不過氣來，心臟也怦怦跳，不得不停下腳步來。他實在太累了，只好低著頭，盯著地面往上爬。當他抬頭時，眼前的景色變得完全不一樣。他剛才所看到的風景，一直都只能看到左邊一半，如今卻是右邊有層層高山。左邊的平地一直延展到一座小山丘，隱約可以看到山丘的上方和天空不太一樣，好像是大海。當下他感到周邊變得更暗、更沉了。天空的雲層也愈來愈厚了。

他又走了幾步來到路邊時，感到全身的組織和器官都結凍了，一股強烈的恐怖感襲過來，使他不由得踉蹌往後退。他已經走到令人頭昏目眩的斷崖，往下看是一片黑壓壓的茂密柳樹，除此外什麼都看不見。他的心悸仍然停不下來。他嘟噥道：「好可怕的地方！」這時候還能夠說出話來，意外地讓他感覺輕鬆些了，但是他仍然忐忑不安。只要一凝視崖邊，他感覺自己都快被吸入谷底。實在太可怕了。他只好貼著山邊土壁，盡可能不看前方。可是一閉上眼睛，卻又覺得天搖地動，整座山好像往前傾斜，自己好像就要掉到斷崖下。這就好像有人拿著一個尖銳的物體擺在自己眉頭，卻又躲不開時，那種不愉快的強迫感覺。最後他終於走不動了，雙手抱著頭，坐在地面上。一瞬間，他又清楚聽到有人在他身邊，說道：

——人是你殺的！——

他大吃一驚，轉頭環視一下周邊，什麼都沒看見。他總覺得曾經在哪裡聽過那個聲音。可是，怎麼想也想不起那聲音到底是誰呢？

他覺得太恐怖了。幸好不知哪裡的工廠響起了中午的鈴聲，從遠方傳來的聲音把文明的氣息帶到山頂時，他總算稍微放心，邊貼著山邊土壁邊小心翼翼地走下山。

返回地主家時，太太已經準備好午飯等他回來。他好像夜間走過墓地，好不容易看到家裡的燈火般安心，趕緊想衝進家裡，可是在門口再度聽到那個聲音：

——殺人犯！人是你殺的！——

他吃驚地轉頭一看，看到不知是誰忽然躲進左邊的樹林。他覺得好像認識那個人，可是怎麼想也想不起來那是誰？他全身發抖。太太知道他回來了，趕快走出來，對他微笑並招呼他，但是他什麼都聽不清楚，因為他滿腦子對於剛才躲進樹林、有點駝背、身材矮小、好像黑影般的男子背影充滿疑惑。他的臉色慘白、眼神閃出光芒卻發呆似地看著太太。太太感到害怕，站到他身邊，把手掌擺在他的額頭上，雖然額頭很冷，倒也沒有發燒。太太的動作讓他突然清醒過來，他畏縮地抬頭看著她。

——到底怎麼了？臉色這麼蒼白。——

——沒事。我在回家路上我跑了一下。——

他聽到自己的聲音，突然感到脊椎一陣發麻。

——哎呀！連聲音都啞了。整個身子都是泥巴，揮掉泥巴，快進來吧！午飯已經準備好了。——

他幾乎聽不到太太的聲音，真是太可怕了！他的聲音在幾個小時內完全變了，感覺喉嚨深處不知被什麼黏答答的東西給黏住了，他只能發出嘶啞的聲音。他茫然地站在門口，捲起舌頭又伸開，下巴也動一動，試著發出各種怪聲音，無論怎麼努力，聲音卻還是變得更嘶啞，完全沒效果。他很想哭。他心想首先自己應該考慮今晚該如何去模仿老太婆。這時候，他的背後又傳來那可恨的聲音。

——殺人犯！一切都會順利進行啦！——

這次阿帕一轉頭看的同時，那人也很快躲進樹林，不過他隱約看到對方的臉。這讓他更覺得曾在哪裡見過，不過還是怎麼想也想不起來。那張好像以白色樹枝做成的人偶般毫無生氣的臉，開始在眼前閃現。他的胸口感到一陣作嘔。然而，背後又傳來那個聲音。

——就是你、就是你。殺人的就是你！——

他已經沒力氣轉頭，只以微弱到好不容易才能聽見的聲音說道：

——不是我，我什麼都沒做。——

他邊說，整個人邊就癱坐下去。他的眼前突然一片黑，隨後不斷冒出黃色斑點，閃亮的小星星就在斑點之間轉啊轉啊地旋轉起來。

然後，他又聽到那可恨的聲音在耳際響起好幾次。

——喂，殺人犯！一切都進行得很順利。所有的一切！喂，殺人犯！殺人的就是你。——

不久，感覺有人用力推他的肩膀，當他驚覺時，發現自己站在不知道什麼地方的黑漆漆房間裡。站在他身邊的人突然窺探一下他的臉後，把一根小蠟燭擺在跟前。紅色火光輕輕搖晃中，浮現出那人的臉龐。一看，他嚇得差一點就大聲驚叫。原來就是那個反覆對他說「殺人犯」的怪異男子。那男子面露出令人不舒服的微笑說道：

——喂，我實在佩服你的本事。我不知道人類竟然也能做出這般厲害的大事。至今我以為只有我自己能做出這種大事。我真的太佩服了。雖然我反覆向你確認「殺人的確實是你」，你總不肯回應我。嗯，因為你真是太成功了。這種小事，我就原諒你吧！看到你這種人類中罕見的機靈行為，真是愉快。實際上，看到你把那些笨蛋騙得團團轉，實在非常痛快啊！哇哈哈哈。——

阿帕感覺笑聲漸漸變小，突然就醒了。他發現自己不知什麼時候躺在被子裡，太太坐在一旁憂心地看著他。他試著想起床，太太連忙說：「不要動！不要動！」同時輕輕地推了他，讓他繼續躺著。

——不會有事。可能是貧血引起的吧！我想是因為你肚子餓又跑步的緣故。你靜靜地躺著，很快就會恢復了。暫時躺在被子裡吧！我去把飯菜端過來，請等一下！——

話一說完，太太輕輕地走出房間外。幾秒後，他心中湧現出至今不曾感受到的悲哀，令他心酸極了。現在他才第一次領悟到愛，愛深入他的內心。他噙著淚水的眼睛，模糊浮現十多天來第一次在夢中看到的那張好似阿熊的善良臉龐。不過，他一眨眼，那張臉就不見了。雖然那張臉不再浮現，他現在終於理解阿熊了。這是永遠難忘的印象。他才理解太太跟馬戲團老闆娘這些人，對他所具有的意義。如此一來，他猛然發現已經抓住自己想追求的東西，那就就是愛。原來愛就是這樣。他認為自己終究還是人類，自己和那個人不一樣。人類所不能做的事，自己終究還是做不出來。我終於明白所謂愛別人這件事。可是，那個可怕的聲音又在他的耳際響起時，他好像又快失去意識了。

——可是，人還是你殺的呀！哈哈哈哈，當然就是這樣。或許你理解愛，可是你是一個背叛者，你因為愛而背叛我了，真是罪大惡極。某種意義而言，你犯了兩種罪。我就明說吧！你是個殺人犯。可是太遲了，一切都已經結束了。事到如今，所謂愛並不具任何意義。愛只是另一個苦惱，從此一切都會變得不好。所有一切都會變不好。一切的一切，都會成為大家所知道的那樣。——

最後一句話讓他感到非常畏懼。他急忙轉頭看一看身邊，沒有任何人在那裡，所有一切也和原來一樣，他才安下心來。他唯一擔心的事，就是當太太在他身邊時，那個可怕的聲音又開始說話。不久，太太用托盤端來飯菜，看到她依然溫柔的樣子，他感到輕鬆些。雖然他提不起食慾，只是一心一意希望她趕快出去，因為他害怕在太太面前又傳來那個聲音。雖然很難說出口，但他只好硬把飯菜都吃下去後，還是膽怯地說他想睡覺。不久，他就裝作睡得很香的樣子。太太說了一句：「可憐的孩子」，就悄悄地走出去了。

只剩他一個人，感覺就輕鬆些了，不過心情還是非常低落。他又想起阿熊。這時候，假如他在身邊的話，就可以把心中的一切苦惱說給他聽，他一定可以了解我的心情，而且也會替我排憂解愁，那麼我的苦惱至少會減半。不過，這一切都是我一個人的罪過。何況我又曾經為阿熊做過什麼事呢？現在想這些又有什麼意義呢？這時候，又傳來那個聲音，可是他已經不覺得害怕了。

——沒錯。真是無可奈何。一切都結束了。一切的一切，都會成為大家所知道的事情。等地主回家時，我一定要大聲說出來所有的一切，大聲地說出一切事情。——

幾小時之後，傳來地主重重的腳步聲，急急忙忙衝進屋子來，差點在門口跌倒。

——喂，我找到了。好像就是這一家吧！不，這也可能是假的，也可能是真的。雖然我還必須更深入調查，不知道啊！這可能是真的。——

太太急忙跑出來，把食指放在嘴巴上，說道：

——噓，說話小聲一點！他好像不太舒服，正在睡覺。如果現在讓他很高興，結果空歡喜一場，他一定會失望透了。你不覺得這樣子的話，他太可憐了嗎？——

聽完這話，地主覺得有些不好意思，輕輕地走進屋內。

——妳說他不舒服，到底是怎麼一回事呢？——

——我也不知道是怎麼一回事。他不斷說些奇怪的夢話或呻吟。我想等你回來，帶他去看醫生。——

——嗯，好啊！我就帶他去看醫生。目前他還好嗎？——

兩人輕輕地拉開隔門一尺左右，往房間內一看。他們都嚇住了。他沒躺在被窩裡，房間內空無一人。他們不敢相信眼前所發生的事，心想或許在廁所吧！可悲的是，他們發現那個好像袋子般的茶色衣服已經不在了。

那一天的晚飯，地主夫婦因悲傷地而沉默了。

之後，村子裡，再也沒任何人聽過阿帕的事。太太認為他又回到原來的馬戲團，地主則認為他多半是自殺了。不過，他們兩人完全不了解他為何突然失蹤。

（一九四三年三月七日至十六日）

老村長之死（岡地村物語〈一〉）

「各位，大家知道是誰把我們岡地村經營得如此繁榮嗎？三年前，岡地村的人口只有十三戶，在東北地方是一個沒沒無聞、最偏僻的窮鄉僻壤。啊！到底是誰對這個窮鄉僻壤伸出援手呢？」

岡地村村長自顧自頻頻點頭，一下子把胸膛挺得高高，一下子舉起交叉背後的雙手，好似往眼前的某物狠狠打下去，又在昏暗的屋子內發怒地走來走去。

連接土間[1]的寬敞房間正中央，地爐內的熊熊火焰發出紅色亮光。村長泛紅臉龐的鬍子下，有一張不自然的大嘴巴。儘管他的動作俐落，任誰都看得出他的臉上毫不保留地露出憂愁。他的兩個女兒和八個兒子如一堆破布般圍坐在地爐四周，帶著憂心忡忡的表情，有人愁眉苦臉地盯著地爐，也有人露出不滿和困惑的模樣看著父親——村長。先前，天生淘氣好鬥的他們還在家中演出大格鬥，因為突然跑進來的父親心情不好，這群孩子才乖乖擠在地爐周圍。原本五歲的兒子一看到父親回家，高興邊喊邊跑到父親身旁，沒想到被父親撞到而放聲大哭。今天村長的心情非常不好，他氣呼呼地從土間跳進屋內，嚴厲處罰到處飛奔的戰士。從來不曾遭受過這種懲罰的孩子們，更感到驚嚇。其中有幾個孩子還頗有怨氣地抽著鼻涕啜泣。

然後，村長以幾近吼叫般的聲音，大發雷霆地命令如驚弓之鳥、長著一張圓嘟嘟臉龐的溫柔中年太太燒洗澡水。但是他既不坐下，也不撣掉附著在下半身的雪粉，只是一股勁不知在嘟囔什麼。他完全不在乎孩子們對他露出的憂心，卻愈講愈激動，不僅大聲叫喊，又做出很多不適合他身分的誇張動作，看起來他好像在向什麼人演說。

過了一會兒，村長忽然把右手的食指放在自己的鼻尖上輕輕搖動著，興奮地吶喊道：「各位，請大家捫心自問，到底知不知道自己如何忘恩負義呢？我相信自己是正義的，我絕對不曾做過任何壞事，你們竟然要把我趕走。」

可憐的老村長情不自禁地掉下斗大的淚滴。

他驚覺自己竟然會掉下淚，猛然回頭轉向孩子。孩子們好像看魔術般張大嘴巴呆呆地望著父親。村長的目光一和孩子們的視線相接，立刻慌張地露出醒過來的模樣叫喊道：

1「土間」為地面未鋪地板或水泥的部分。

「喂，太太。快一點啦！妳動作太慢了。今晚六點我要去參加一個集會，晚飯也早點準備！」

他心神不寧地推開孩子，顯露出疲憊不堪的神態，一屁股坐在地爐旁。此時，大女兒慢慢站起來，走向廚房。村長茫然地看看每個孩子，忽然露出驚訝的表情將視線移開而落在地爐內恣意舞動的火焰。看起來村長似乎被什麼大難題所困。不久，他神色嚴肅地從腰間拿出煙管，俐落地把菸草填滿煙管，無意識地一口一口吸起菸來。沒有任何人敢開口說話，孩子們也各自陷入自己天馬行空的想像中。他們的空想依照各自的年齡，把兩、三天來連續發生的可怕而愚蠢的事情，跟今天父親很不愉快的神情連結在一起。

有關那件事，孩子們所知道的如下。兩、三個警察和公所的人員突然跑來，不顧父母親的抗拒，逕自在家裡四處亂竄，把所有的櫃子和壁櫥翻得亂七八糟，令人畏懼地亂罵一通，最後還硬把他們家引以為傲的母牛牽走。母親邊罵他們是盜匪邊就哭了。「最近連警察也當起盜匪了嗎？」孩子們覺得很可怕，同時他們也感到恐懼，「從此以後，不知道還會發生什麼事情。」

外頭的天色幾乎已經變暗了。窗邊還有雪光，微微發亮，不時會有從縫隙吹進來的風，發出異樣的響聲。地爐裡的火愈燒愈烈，木柴燒得劈劈啪啪作響。地爐上有一個大鍋子，咕嘟咕嘟地沸騰著，不過除了水蒸氣的氣味外，沒有任何香味。每個人的臉都被地爐的火焰照得通紅。村長不斷搖頭、嘆氣，倒是很適合此時此景。

不久，他們慈祥的母親從土間蹣跚走過來，以和她那張善良臉龐不相稱的大音量說道：

「喂，老公，洗澡水燒開了。趕快去泡個澡吧！」

對方好似沒聽到般，她又說道：

「怎麼搞的呀？你一直催我快快快，自己卻慢吞吞。喂，老公。」

村長無言起身站起來，不悅地脫掉衣服，由於太冷了，他邊打寒顫邊趕緊跑進澡間。

其間，傳來「喀喀」的響聲，可能是打開澡缸蓋的聲音吧！如此揣測的瞬間，村長以出人意料快速度從澡間衝出來，匆匆穿上衣服，邊跑回地爐旁坐下邊大聲斥罵道：

「開什麼玩笑啊！我什麼時候拜託妳把我煮一煮呢？難不成你們都想把我煮來吃嗎？」

善良的太太不曾聽他講出這般粗暴的話，感到不安而驚慌，卻使出東北人的習性，不服輸地頂嘴道：

「哎呀！老公，你很奇怪。為什麼大聲亂罵呢？忍耐一下就好了吧！你竟然就跑出來把我罵一頓，真是莫名其妙。」

「哎呀！什麼叫做忍耐一下？那麼燙的洗澡水，誰敢下去泡呢？好啦！別講東講西，快去加點冷水。」

懦弱的太太感到有些驚嚇，張大眼睛，低聲說道：

「奇怪了。應該沒那麼燙才對啊！」

「不要再說了。要是可以泡澡，我就泡了。快去加水。」

孩子們非常害怕，四歲的么兒鼻子鼓鼓地一副快哭出來的模樣。不過，十六歲的兒子不忍心看到母親可憐兮兮的樣子，膽怯地說道：

「爸爸。那個、澡間裡有一個水桶，那個、裡面有水啦！」

「水桶。」

村長斜眼往澡間看，大鼻子抽動一下，張開那張好像奈良醃瓜般的大嘴巴說道：

「水桶?!」

他覺得自己被孩子反將一軍，瞬間有點無言。不過，原本就不悅的他絕不願意聽從任何勸告。況且，很不幸的，霎那間今晚村子要集會的事又閃現心頭，由於焦躁與氣憤，讓他的臉變得通紅，身體發抖地吼叫道：

「水桶？澡缸裡的水那麼燙，一桶水怎麼夠呢？對啦！就像只加一杯水是沒有用的，應該得加上十杯水，沒錯！就是要十杯水才夠。澡缸裡的水是沸騰的，你們知道嗎？真是一群沒『常法』的傢伙。」

村長不知為何怎麼也想不起來「常識」這個詞。

太太語無倫次地向圍著地爐邊、忐忑不安的孩子們說道：

「爸爸要去參加村子的集會，趕快幫忙多提一些水。」

至此，村長的心情才稍微緩和些，可是一想到太太剛剛提起他必須參加的集會，心中再度盪到谷底。

他不明白自己為何會沮喪到讓孩子們同情他。他心不在焉地聽到第一桶水倒入澡缸時，就邊發抖邊走向澡間了。他把手伸入澡缸的熱水中用力攪拌時，因為洗澡水的溫度恰到好處，腦袋瓜終於清醒過來了。村長想像在寒冷的氣溫裡泡在熱到讓人有些恍神的洗澡水中的快感，縮著身子趕緊下去。不久後，他開始擔心孩子們把第二桶像冰般的冷水倒進澡缸內。果然，讓人感到冰冷的水往澡缸倒下了。接著第三桶水倒下去，第四桶也倒下去。洗澡水的溫度愈來越低，村長很擔心的第五桶水倒下來時，終於感到很不舒服，猶如刺骨般冰冷地發出呻吟，說道：

「喔，喔，可以了。」

當孩子把水桶裡的水倒進去前，他非常不悅地搶走那水桶，以一種好像要踢壞澡缸般威猛地跳進去，讓人很舒服的輕微刺激感讓他整張臉都變紅了。

其實，他錯了，那是身體冷到讓他臉變紅。還不到三十秒，他就發覺洗澡水的溫度實在太低了。他很沮喪而暗自生氣，卻是無可奈何。事到如今，他總不能高聲大喊：「再加熱吧！」

過一下子，他認為該去參加集會了，心不甘情不願地從澡缸站起來。他感到很冷，急忙又把身體泡進澡缸內。可恨的是一泡進熱水裡，他再也不想離開澡缸。而整個身子只露出一點肩膀，他還是忍不住立刻打起噴嚏了。

其實，不知為何，他在不悅中卻感受到安慰與安心。不一會兒，當他理解到這種感受的理由時，頭搖得更厲害，而且還沉悶地嘆了一口氣。他害怕今晚的集會，想盡辦法東拖西拖才願意慢慢前往。何況他覺得身體好冷，根本不想離開澡缸。

其間，參加集會這件事漸漸又讓他備感壓力。他很痛恨自己的懦弱。當他站在集會廳，面對眾人、不得不為自己辯白時，到底能夠說些什麼呢？大家無疑地一定會攻擊他，猛然間他又勃然大怒並感到悲哀，只得咬緊牙關。他閉上眼睛開始低聲演講。因為他知道現在若不好好準備，等一下一定講不好。而且這樣練習，他覺得比較輕鬆，也比較能夠湧出希望。

「各位，大家都認為我是個罪人。但是，我犯了什麼罪呢？實際上，我承認我是無照賣牛奶。但是那隻牛確實是我家飼養的。啊！不對。我想說的不是這樣。簡單說，這是身為村長的我，為我最愛的村民的利益而這樣做。我是為道德、為正義才如此做。我希望能夠以便宜的價錢提供新鮮優質的牛奶給幼兒或病人，至於我會被罰款，當然早有覺悟了。但是我賣牛奶的對象，僅止於極少數的好朋友而已。

儘管如此，大家還要將這個具有犧牲美德的人、適所適才的人逼離村長的職位嗎？大家難道不覺得可恥嗎？」

話說到此，他自己反而覺得可恥，因為自己說得實在太誇張了。假如他真的說出這些話，那群人不知又會如何喧囂？所以他還是打消講這些話的念頭，急忙改口重說。

「是的。我確實是一個有過錯的人。我願意付出罰款，不過至少到目前為止我沒有違背法律。我並不希望獲得大家的同情或感謝，可是也不希望被人家輕蔑或討厭。

各位，就我的立場而言，實在沒理由放棄我全力以赴所建設出來的村子。這村子曾經是我的生命，今後也還是我的生命。我把全部精力都投注在這村子。怎能為這種瑣碎的小事非逼我離開這裡不可呢？

各位，是否可以請大家重新考慮呢？不。我的意思並不是要大家為我重新考慮，而是為這村子，為我們的村子、為岡地村的將來重新考慮。」

他感覺到集會廳響起如雷般的掌聲，激動地不由得站起來。不過因為猛然站起來，他感到一陣暈眩，眼前一片紅、一片黃。突然，他感到背脊一陣寒冷，搖晃一下後，無力地又坐在澡缸裡。

在窗邊，有一根蠟燭「吱吱」地燃燒。好幾個大影子在支撐屋頂的大梁上搖搖晃晃。不時從縫隙鑽進來的風，吹得蠟燭的火焰忽暗忽明。偶爾，還會傳來「咕」的聲音，一滴蠟油沿著蠟燭就落下來。在庫房般昏暗的澡間，他的視線毫無意義地移動。

不久，他開始感受到肉體上的苦痛。雖然不熱，汗水卻從額頭滴滴答答落下來。眼前漸漸一片模糊；感到口乾舌燥的同時，舌頭竟奇妙地黏住了，咽喉裡發出「咻咻」的聲響。不知為何，他總覺得所有擺設不是向右，就是向左傾斜。他的頭突然開始痛，一陣作嘔，澡間裡撲鼻的香氣讓他感到非常不舒服。突然又傳來孩子們在屋內的吵鬧聲，不過讓人覺得那聲音如大雨聲般融合成混沌一片，終致歸於寂靜，根本沒人在乎它的存在。他似乎已經失去啟動任何動作的意志，自己彷彿被臨近身邊的空曠黑暗所吸進去了，他接二連三地打哈欠，而且感到快要嘔吐了。

如此情況下，村長不知不覺陷入一種無法分辨出是夢想還是現實的遐思中。

他身處集會廳。夜空無雲，皎潔月光照射在窗邊的白雪上，閃出美麗的光輝。長形的集會廳看起來挺冷清，兩列長桌並排，兩座暖爐閃耀出紅紅火焰。村長一夫當關，全力抗辯。他的表情與其說是緊張，不如說是僵硬；他的呼吸急促，顯得非常焦慮。

他所做的一切準備，顯然都起不了任何作用。主要是他說得實在太語無倫次，加上出現在眼前的那個警官兒子總是浮現令人不愉快的嘲笑，盯著他的眼睛直看。這讓他幾乎要發狂。「這傢伙想把我趕走，打算接收我的一切」，如此的念頭讓他難以壓抑激動的情緒。他們這一夥人作法卑劣，真是厭惡極了。「那對父子全都是無賴。」他焦躁地下了結論。

「各位，大家都被騙了。千萬不要受騙。請大家以公平的立場來思考整件事情的來龍去脈。」

然而，大家卻如死人般不為所動。村長認為所有人肯定都已經被收買了。他以發瘋般的激情揮動著手。

那時候，坐在他面前的警官兒子，嘴角浮現輕蔑的冷笑站起來，以慢條斯理、令人憎惡的沉著態度說道：

「村長，事到如今已經無可挽回。無論你的行為動機如何良善，就法律上看來，你確實犯罪了。這是我堅持的論點。村長的職務是經法律認定的職務，簡言之，村長的名譽、義務、要求等一切必得經法律所承認。各位，我所說的事，難道還不夠明白嗎？假如村長否定法律的話，我們到底應該採取怎樣的手段呢？

各位，我只同意村長的唯一意見。那就是這件事不屬於個人的私事，而是整個村子的問題。這件事關係我們整個岡地村的名譽。而且請大家不要忘記，村長正是代表整個村子。」

話一說完，大家群起聒噪，會場一片嘈雜。警官的兒子得意洋洋地俯視村長。其間，村長感到很不安以致全身發抖。「已經不行了。啊！岡地村、公所、孩子們，好可憐。」村長一和警官兒子充滿惡意的眼光相接，因怒意而全身震動站起來，喉嚨像被塞住仍然奮力控訴道：

「各位啊！我並不是無視法律的存在。我想說的只有自己那廉潔的精神。啊！儘管如此，各位！那些只是形式上的問題。難道大家要把這幾年來，為了村子完全不顧自己的我，就像扔掉有胡亂塗鴉的紙片般丟棄嗎？大家要被那不足為取的、言辭、所影響，大家、想要、無情地、忘記、我的、一切、努力嗎？」

老村長的心境非常淒涼，眼淚撲簌撲簌掉下來。可是村民低著頭，依然沉默不語。

「啊！大家都忘了我嗎？沒有任何人願意站在我這邊嗎？」

他感到自己快無法呼吸了。頭暈，眼前突然一片黑，又一片黃光。他開始喘不過氣來，令人厭惡的呻吟聲好像從地底下傳出來，完全聽不出那是他自己的聲音。他全身痙攣，感覺有一股燒熱的血液從胸部湧上嘴巴。在不知不覺中，他確實感到自己正徘徊在生與死之間。因此，他以超人般的毅力試圖從死境爬往生處。在長時間的鬥爭後，他在激烈的抽泣中醒過來。

不知什麼時候，他在澡缸內睡著了。他喝下澡缸內大量的洗澡水以致呼吸困難，所以也無法求救。他的耳朵內呈現有如暴風雨般的狀態。在燭光照射下，人影凌亂晃動，其中浮現出可恨的警官兒子那張閃著亮光的臉。所有的一切彷彿在波浪中搖晃。橫膈膜急遽痙攣，隨著脈搏開始變得不規則，眼前出現一閃一閃的亮光。

然後，一陣強烈的睡意襲向他。

另一方面，在房子裡已經點上燈火，孩子們靜靜地圍坐在地爐邊。大女兒已經把食器擺在箱子上。對任何人而言，用餐是最神聖的時間，每個人都會絕對順從。因為肚子實在餓了。

母親在廚房忙碌地發出「鏘鏘」的聲響。由於她專心做菜，完全沒去注意澡間到底發生什麼狀況。雖然她多少知道丈夫在擔心什麼事，但也只關心丈夫所擔心的事。總之，她把丈夫本身忘得一乾二淨。反而是孩子們，對於從洗澡間不時傳來父親的奇怪呻吟聲感到憂心，可是一想到剛才父親盛怒的樣子真是太可怕了，所以怕到不敢講出他們的不安。

不久，時鐘發出好似整座鐘都快垮下來的大響聲，報出時刻已是五點半了。就在此時，傳來很大聲的呻吟聲與磨牙聲，十個孩子非常驚訝地面面相覷。其中一個孩子不由得喊叫：「媽媽。」

母親吃驚地轉頭看孩子。其中一個孩子說道：

「不知道爸爸在做什麼？」

她猛然才感到有些不對勁。哪有人洗澡洗這麼久？她不安地放聲喊道：

「老公！」

沒有任何回應。

「老公啊！」

仍然沒有任何回應。她有種不祥的預兆，吞了一口唾液。孩子相互聚在一起，當四歲的孩子感受周圍強大的緊張感而放聲大哭，已經沒人有心思去管他了。

母親赤著腳，匆忙穿過土間往澡間跑過去，一把拉開澡間的門。孩子們都站起來，擠在一起盯著看。

母親一走進澡間，立刻吃驚地後退。澡間裡沒有任何人影。只有燃得剩一小截、呈蠟塊的燭火激烈地搖動著。她提心吊膽地在澡間到處查看，卻看不見村長。她感到一陣強烈的心悸。她試圖鎮定地低聲呼喊：

「老公！」

依然沒有任何回應。她不由得嘟囔道：

「到底跑到哪裡去了？」

她下定決心，往前更踏進一步。

當她看到澡缸內的瞬間，發出很大的一聲哀嚎後從澡間衝出去。

燭光搖搖晃晃照射下，澡缸裡有如融著油般黏稠的水面上，飄浮著如海藻般烏黑的人髮。

不到一個小時之內，村民間已經把村長之死一事傳開了。

「實在很可惜。他是一個了不起的人，對村民善盡職責，沒想到竟然死了。現在很難找到像這樣有責任感的人，實在很可惜。」

那個警官的兒子暗自邊搓著雙手邊發笑。

（哈哈，我果真心想事成。）

（一九四五年四月四日）

天使

一

只有今天是例外。理由是……不，我還是應該依照順序來寫才對。這就是我堅持的主義。因為我們非得忠實而不能超過有限的時間。假如依據我的信念而言，這應該相當於第五十一個真理的影子。關於這問題，我希望留待其他機會再繼續說明。總之，就是關於一個非例外的故事。那就是我居住在一個正確的世界，就某種意義來說，就是為居住在正六面體宇宙所發現的真理，也就是最高的真理。如眾所知，這意味無限的灰色六面，不！是五面半和半面的未來所形成的世界。大家了解嗎？坦白說，我剛開始也認為那只是一間屋子。不過，真是出乎意料之外，竟然就是宇宙。雖然看起來堅固而冰冷的壁面，其實卻是無邊無盡，雖然是令人恐懼而不愉快的鐵格子，其實卻是未來的形象。當我發現這事實之後，我決心放棄完全依靠衝動來行動的那種快感。因為對無限進行抵抗是毫無用處。老實說，這個行動當然帶給我痛苦，令我有些不愉快。此後，我決心當一個哲學家般的人。換言之，我決心以最自然的方式活下去。所謂人原本不就是朝向未來、持續凝視未來，而且停留在自己本身的現在嗎？萬一有人抵達未來，甚至超過未來的話，這個人就非死不可吧！為了讓我自己適合這個理所當然的事實——假如並非如此的話，那就是一個瘋子吧！——還有為洗刷一直以來「瘋子」的污名，我決定靜靜地坐在宇宙的中心，鐵格子裡，也就是朝向未來。直到現在，我仍不例外地以這個最正常的態度過每一天。

我以最正常的態度過每一天以來，大自然是如何毫無變化而恆常地存在呢？我學習到在其中、在永遠的寂靜中，有非常之大的完美和喜悅的事物。如此一來，我變得一天比一天偉大了。我還得補充一下，我有驚訝的發現。之前，我總是無法理解那是什麼。有時候，有一個身穿黑衣，發出「嘎啦、嘎啦」聲音的人，經常為我帶來飲食。但是，我根本不懂，或說那種行為具有什麼意義呢？然而，有一天我突然福至心靈完全理解那是什麼意思。我明白了。這既是一個偉大的發現，也是一種領悟。他，正是他，他是一個生之天使。自此之後，從腰間發出的毫無意義的「嘎啦、嘎啦」聲音，變成多麼美好的讚美歌。我開始非常期待他的到來。他，生之天使總是從未來之門，靜悄悄地、默默地，帶給我生命的象徵，露出微笑立刻就不見了。這是多麼深沉的愛啊！我含著淚水狼吞虎嚥。因此，我的心中一天比一天充滿更多、更深的愛，感受到無限的喜悅。

如此，終於到了今天。原本我也並非沒有預感今天的到來。在我內心深處，經常感受到有一扇未來之門向我招手，並且告知我的生命將以愛完結的這一天，已經不遠了。尤其昨天照例而來的天使，在他消失前，聽到他以一種好似滲透全身、將感覺全然統合的聲音說：「最近你非常平靜了」。今天早上我確實更深切地感受到這一切。

是的。今天確實是例外的一天。在這一天我越過生死之境，超越一切可以體驗的世界，甚至超越未來，我將在這世界順利復活，一個令人驚訝的紀念日。這令我不得不想起那些跟我一樣偶然體驗到這種經驗的人，包括穆罕默德、但丁、斯維登堡等人。我相信有一天將會因為我的體驗，歷史上會把我的名字列為第四個越過生死之境的人。

我要排除主觀的說明，逐一將我今天的體驗寫下來。

如同前述，那一天我心中充滿特別的喜悅，感覺整顆心好像快要漲破了。我該如何表現滿是期待的心情才好呢？生理上明顯也出現這種徵兆。隨著心臟的跳動，地面也在搖晃，眼前出現的徵兆如夢幻般忽明忽暗。悄悄的低語聲不停地傳來，令我感到很舒適，愛的溫暖傳到嘴唇而轉為火熱。呼吸開始變熱，不知不覺中有淚珠從臉頰掉落。突然，我確實聽到那偉大瞬間的到來而感到顫慄。那就是代表天使到來的響聲。每過幾分鐘，響聲變得愈來愈越清晰。一瞬間接著一瞬間忽強忽弱的響聲，在每次停止時的沉默，更是深深吸引我。因為我迫不急待地期待重要時刻的到來，全身的神經如火般發熱，嘴中的牙齒也「吱吱」作響。瞬間，從手指到整個身體開始激烈痙攣。我感覺好像只剩下眼睛與耳朵。因為抵抗不了全身的痙攣，只得平躺下去。關於我平躺時所發生的事，我無法明確表達。那時候，我一直凝視真空、聆聽真空。換言之，那份過度的期待，令我不安。

不久，我漸漸平靜而起身時，那瞬間終於到來了。我的腳下一如平常已放置一份飲食——生之象徵。今天天使並未現身就走了。我認為肯定有什麼特別重大的理由。不過，我已經不在乎這些事。天使做他該做的事，而且他做了超過我期待之外的事。我肯定會被天使在未來之門所做出的異常怪事所吸引。在這裡我使用宛如在敘述別人的體驗般的表達方式，起因於吸引我視線的力量確實在我的意志之上，遠遠超過我的理解力。

前面已談到，接觸所謂的未來亦即死亡（忘了說，這是第八個）真理，對於如同超越未來行為的矛盾標的物，明確代表著未來規章的解碼，亦即象徵一種矛盾，而早已習慣認同那標的所衍生的變異，讓我感到驚愕。

當我一步又一步，蹣跚地走近未來之門，上氣不接下氣，感到全身又要痙攣了。我強忍這樣的狀態，奄奄一息之下，終於緊緊靠在大門，輕輕地碰觸那矛盾的標的物。然而，好似要貫穿我全身所有神經般的超大響聲忽然咋響，這象徵一切已崩壞了。

有一種想要放聲大喊的衝動讓我使盡全力搖晃未來之門。在我的心中，清楚地吶喊：「我贏了！我沒死而且超越未來了！」那瞬間，未來之門悄悄地打開。我發現自己一動也不動，站在抵達超越未來國度的黑暗隧道裡。當下的我只是依照天使的指引，佇立於天使們所走的路途。雖然這種喜悅和榮譽讓我感到畏懼，卻認為前途已沒有任何障礙物；我已經找到光明的天使國度，未來已經不是未來，所謂永恆之時已經在眼前閃耀光輝。我走在向著光明的隧道中，暗忖自己是否已成為天使了呢？實際上，因為我是人類而在不可碰觸的未來中所產生的那矛盾，已在我眼前消失，何況那矛盾被天使所除去而我正由天使所帶領，我難道不是一個天使嗎？當我更進一步踏入光明國度的階梯時，我充滿自信地相信就是如此。我的眼睛接受到明亮光線的瞬間，心中的一切不安和恐懼全都消失了，同時洋溢著喜悅和讚美。我的精神處於最佳狀態，肯定就是適合當天使的情況。

如此一來，與其說我是遍歷天使之國，毋寧說是開始一段天使的旅行了。

二

我已經想不起來了。但是在這風景裡，一定得想起些什麼。前方的路上和遠方的紅磚牆上，晃動著熱浪。太陽即將升到天空最高點，照射出有如被拉成圓形絲帶擺動的光輝。我感到很幸福。僅僅就是感到很幸福而已。

那時候，我忽然聽到天使的呼叫而回頭，我看到穿著黑衣跟白上衣的矮小男天使，不斷邊揮手邊跑過來。這是我第一個遇見的天使，那時我很想把自己心中充滿喜悅的事告訴任何人，不過更大的衝動讓我做出連自己也無法理解的奇怪行動。我突然轉身就跑。我認為這種舉動不如說是逃跑更適當。我放聲大笑地跑著，不知為何邊跑，腦海中邊想起希臘時代的戰士。我一直跑一直跑，希臘神殿、馬拉松以及月桂冠，在腦海中不停地迴旋。我心中想著，我要贏他。他是天使，我也是天使。接著，我又放聲大笑了；轉過建築物的拐角、穿過街道、越過草原、度過小河、最後跨越高牆，心情愉快地跑著。

我跑到筋疲力竭停下來的地方，是一處寂靜的街町，轉頭一看，當然看不到那個天使了。我終於贏他了。我挺起胸膛，吸進一口天空的香氣。這一切真是多麼得意洋洋又美好呀！

在天使國度裡，我首先明白的事情，自我的存在就是所謂宇宙的調和。運動和靜止、上升和下降、生和死、呼吸和窒息、笑和畏縮、淚水和理解、笛聲和唾液……等這些影子滲入地面而成為自我的種子。天使並不為所有事物命名。因為假如沒有呼叫的必要，就沒有被稱呼的必要。從那些種子所生長出來的萬物，包含自我在內所產生的宇宙調和之必然性。所有的一切既不被描述，也不被翻譯，全都深入於存在的喜悅中，卻不會有自己的影子。

我慢慢地走著，一邊深深感受自己的每一個腳步，一邊把自己真實存在的每一刻結結實實地踏下去。欣欣向榮的綠色植物也在路旁草叢中笑著。

突然我感覺自己碰觸到某種東西，原來有一道高牆阻擋我的去路。我匆匆要往右轉時，大吃一驚。好奇妙！我的身體竟然變得僵硬而無法動彈。我感到不可思議而仔細思考。我發現原來是被一隻看不見、強而有力的手腕按住，手腕的力道非常強，以致我整個人動彈不得。不過，到底為什麼？我想不出任何理由，卻認為我不應該抗拒。因為這肯定是另一個具有更大力量的天使所做的好事。順著這力道的引領，我的身體、臉、眼睛開始可以動了。我明白，自己應該睜開眼睛仔細看。那朵在圍牆中唯一失去距離、從空間被推出去而在空想中成為抽象存在的那一朵冷冷燃燒的深紅色花朵，竟似黯淡、不安的死亡般顫慄著，可是那種協調的火焰卻和天使國度的大歡喜非常搭配。

不知不覺中，我被那朵不吉利的花所吸引，摘下那朵花，輕輕地拿到鼻子前端試著聞一聞香味，那朵花卻只是冷冰冰的。它並未對我的眼睛、耳朵、鼻子散發出任何氣味。我把它插在上衣的鈕扣孔，假裝心臟將那火焰給凍結了。沒想到這讓我覺得更愉快，一大片爽朗的藍包圍住雲朵，太陽含笑地把葉子之間以及窗邊照耀出閃閃發亮的金色光輝。

這時候，從對面有兩、三個天使走過來，他們看到我似乎帶著疑惑的眼神。恐怕他們已經知道我發現那朵深紅色的花了吧！我和他們在路上擦身而過時，對方的表情非常驚愕。恐怕他們已經知道我發現那朵花的意義了吧！雙方擦身而過後，我跟他們同時回頭互看，突然很想大笑。他們笑了，我也笑了。我盡情放聲大笑，我邊笑邊看著他們笑著走遠了。我非常明白其中的感情。天使的哄笑，應該只是耐得住這必然的沉默、死亡和歌唱而已吧！

大笑之後，我很舒暢，也感受到整顆心變得像空氣般大、像秋日的天空般澄清。我把有點傾斜的花重新插好，往左繼續走。每當我低下頭時，深紅色花朵好像在誘惑我般微微地搖動，我忍不住笑了。

三

在路上，跟很多天使笑著擦身而過，信步走來，傍晚到了位於郊外的樹林邊。那樹林傾斜地延展過去，包圍對面大半的丘陵。太陽成為乳白色線條，好似擁抱橫躺在丘陵上的樹影，然後在草叢裡把自己的影子沉入綠色風景中。

過了一會兒，我突然發現從丘陵頂端右邊往下約十公尺，有一個身材矮小的年輕、或者應該說幼小的天使，默默坐在老松樹的殘株上凝神注視著日落。真是好個必然啊！我是不是曾經預見這種情景啊！我絲毫不躊躇地往前進，為了迎接該來的一切事物。

小天使聽到腳步聲轉頭看到我，立刻吃驚地站起來。從他的手上，稀哩嘩啦不知掉落什麼東西。一看，可能是寫生用的紙跟鉛筆。我相信小天使肯定跟我一樣，遙遠而鮮明地想像或空想那些可能發生的事情。剛好在有一個帶著新空氣去旅行的天使接近他背後的瞬間，使得他想像中聽到的腳步聲變成真實的腳步聲，當他回頭時，映在他瞳孔中的真實人影，想必超越偶然且必然地讓他大吃一驚吧！

然而，他的臉色愈來愈蒼白，神情愈來愈驚愕，可以見到從微微張開的嘴唇露出來的潔白牙齒在發抖還不止如此，我明白肯定是我胸前那朵火焰般深紅的花朵造成這位美麗小天使的驚愕。當下，我最大的願望就是安慰他。

「你不用驚訝，不如說這根本就在實現你的心願。」

可是，他露出好似被逼得走投無路的眼神，終於讓我的心動搖了。

「你掉下來的東西，不是沒什麼重要嗎？不如說掉了也無所謂吧！對天使而言，無論描繪什麼，或在紙上創作的任何行為應該都是可恥的。用思念或意志來創造，那只是人類無價值的夢想或是瘋子才做的好事吧！我們這些天使啊！只要笑笑地採取行動就可以。只有這樣不就可以了嗎？作畫之類，這種拙劣的事不做也罷！」

我向前一步，他立刻後退兩步，嘴唇瑟瑟發抖。

「原來如此，我可能有所誤會了吧！原本我沒打算說這些無聊話。喂，你也這麼認為嗎？你一定認為我是傻瓜或瘋子吧！嗯，就是這樣吧！這也難怪。這個——」我指著胸前的那朵花，繼續說道：「我胸上插著令人驚恐的花朵，象徵可怕死亡的到來；我至今沒察覺到你的驚愕，也沒有任何說明，我這個人真是糟糕。」

我以右手拔起花，伸過去給他看。

「你看！這奇妙的光輝。死亡之花。看這紅色吧！這麼紅、這麼紅。數億個靈魂在這當中流血。現在血液可能要溢出來了吧！這朵花可能要凋謝了！宇宙裡這花瓣一定會變成一個大漩渦而熊熊燃燒，死亡之花！那是為刻鏤天使們的肯定和哄笑，而且是永遠無法實現的憧憬或夢想。不死之唇，則是為更高聲、更高聲唱歌而存在。喂，你看！這朵花讓我們明白完結不是結果，而是對所有存在中進行現象的稱呼，這朵花的出現已經清楚說明一切。這朵花就是唯一代表不存在、或不能存在現象的假象。為結合我們天使的存在而架空的一個存在，無論如何都不得不藉助這朵花的力量。因為一切的存在愈是確實，愈需要去證實所有存在所歸納的假象。持有這朵花的人，就是可以唱出真正永遠的人……為了永遠，至少，我允許你可以吻這朵花。喂，所以我要求你要笑一笑。如果你不笑，你也許會失去翅膀而死亡喔。來！像我一樣笑……」

我邊拿著那朵花伸向他，邊揚聲大笑。我認為他會跟我一樣感到很高興而露出純真的笑容，然後在那朵死亡之花的花瓣上輕輕地留下勝利之吻。然而，令人吃驚的是當那朵花迅速靠近他的瞬間，他突然伸出雙手好像在防護自己的身體般，以緊張的聲音和害怕的神情，有如哀號般喊了一聲：「爸爸。」我實在太驚訝了，同時也發怒了。講明白些，從那時候起，我身為天使的自我意識開始陷入有些不穩定狀態。對我而言，那聲「爸爸」，聽來有些不可思議，而且沉重到讓我有一種言辭所無法表現的不愉快。原本我就是一個經常對於不符合自己期待的事情動怒的人，加上我滿懷誠心的好意，竟然遭他這般辜負。不過，仔細思考，那可能就是命運。假如我一定得回到現世，以這事件作為引導命運的起點是最為適當吧！那種情形下，如果我能夠像個天使般一笑置之，我也許就可以永遠當一個天使。

為結束這個不吉利的場面，我忍不住囂張地大吼大叫：

「滾開！給我滾開！像你這種天使，毫無意義。在這個重要的瞬間、理應喜悅的瞬間，你卻只會感到恐懼而已。好吧！隨便你愛怎樣就怎樣吧！誰是你父親啊？你對父親有什麼期待呢？好愚蠢。啊！我頭又開始痛了。你父親肯定是一匹馬或是瘋子。什麼？究竟為什麼會這樣呢？嗯、嗯，這也太過分了。天啊！你在戲弄我。這不是天使，是一匹馬吧！我確信你只是一匹馬。給我滾開！你只適合去蹦蹦跳跳。」

但是我很安心，因為他被我識破根本是一匹馬所偽裝的妖怪。怎麼可能會有這樣的天使呢？如果那是天使的話，他也許為了幻滅和絕望，將在那朵死亡之花的引領下，越過丘陵到另一邊去投河自殺。不過，他只是一匹馬妖怪。……原本我不得不承認自己多少有些不愉快。雖然我盡情哄笑以目送那個假天使跳著離去，不知為何內心卻感到空虛。一股暗黑而沉重壓迫感好像繫緊裹住我的身體般，從胸部那朵花的花瓣直達指尖、腳尖，然後逼近耳垂。

當我想起身慢慢往前走時，發現自己卻走不動。起先，我認為那是因為我的心太沉重，後來察覺並非如此，才知道原來是剛才那匹馬掉落的紙和鉛筆所造成。後來我發現這些東西對我很有用處，可是當下我卻是不得不生氣地撿起來，把它們塞進口袋。那麼，我終於可以隨心而走了。不過，我承認現在不能像剛才那般活潑快步走，而得慢慢走。我感受到一種化解不開的憂愁。

我宛如被奇妙的憧憬所誘惑般，想去尋找一條可以逃脫這種突然湧起的孤獨感的道路，穿過黑暗的小路，轉過街燈照耀的黃昏大道，走過架在溝上的小橋，忘掉時間、忘掉距離，我四處徘徊。

不久，太陽西下了。我猛然仰望天空，幾十、幾百萬顆星星，好像和我的眼睛緊密結成一體，這股力量穿過我的頭又傳到腰部，突然我感到整個身體浮起來，好像懸在空中。我大吃一驚，急忙俯臥下去，緊緊抱住一旁的路樹，緊張到暫時一動也不動。我好像暈車，很想嘔吐，耳朵裡不斷傳來地球自轉所發出的響聲。剛好在眉頭的地方，有某種討厭之物執拗地一伸一縮，讓人非常煩躁，我閉上眼睛，更用力緊抱住樹根而不動。

四

折下兩、三根白樺枝，
一個童子，將之做成笛子……

隨著鋼琴聲的歌聲，讓我醒過來。我感覺心情愉快，頭腦清爽。可是，這首到底是什麼歌呢？確實是從對面人家傳過來的歌聲。不知道為什麼，與其說那歌聲擾動我內心最深處，毋寧說是攪亂我的回憶或回憶裡反覆激起的靈魂波浪。我宛如凝視把小石頭投入寧靜之池，泛起一圈圈漣漪逐漸擴大般的心情。我愈來愈清楚地感受到它的存在，卻無法明確理解那到底是什麼。此時我就是這樣的感覺。

回應遙遠的遐思
時有綻放的紅花急速綻放
嘴唇想要吹笛子
我的呼氣卻比風還微弱
笛子吹不出聲……

我好像在呼叫記憶之前的記憶般懷念，宛如遭受誘惑，不知不覺中沿著圍牆走向傳來歌聲的窗邊了。

（一九四六年十一月）

第一封信——第四封信

第一封信

對於寫信給一個完全不認識的人——我終於下決心去做這件不可能、近乎大膽的嘗試。首先當然應該先說明理由，不過至今為止，我好幾次抱著不得不的心情想解釋，終於還是做不到，因為是有所困難的，所以請大家就容許我省略說明吧！

為了確認自己的存在，我有不得不嘗試的宿命，甚至連第一次寫信給人家，必然得做自我介紹和問候語，我都認為不必要了。突然開始提筆寫下這封令人不安的信，我當然也不去思考到底有何目的。我就只是想寫信而已。我敢說我沒有任何理由，就只是想寫信而已。因為我必須滿足自己的慾望，所以我想一鼓作氣，超越以往就讓我感到困難、阻止我行動的一切障礙。我相信大家一定會默默地容許我。但是，這樣做的我會不會太任性、太過於自信呢？

如上所述，我沒有特別想要寫些什麼，不過就是隨便寫些言不及義的文字罷了。但是這種作法，就信函的性質而言，未免負擔太重了吧！所以根本不可能。因此我寧可考慮沿著一定的線來寫作信函的內容。那樣不是比較安全嗎？例如，在描繪光線時，比起畫出光本身，還不如以身邊的影子來襯托的方式更為高明。

我考慮很久之後，終於選出一條線，假如是「詩」的話，你一定感到很驚訝吧！因為那是比什麼都不寫還困難的事。是的，我非常了解這當然不是限定內容的主題，而是讓內容無限擴展的主題。但是，在此我根本不打算論述所謂詩學之類的事。重要的是，在於我想要寫這封信。單純就所謂話題而言，選擇「詩」這件事毋寧是具有正當性，不是嗎？你可能知道，我想寫「詩」的心情也沒那麼不自然。

然而，關於直接觸及這封信本身，我已經不想寫了。因為這是一個沒有答案的問題。如同畫家為畫出光而一筆一筆創作出影子的顏色，從此之後我打算謹就「詩」來論述。不久，我相信那肯定會變成談論我本身、談論你、談論世界。如果我做不到這樣的話，甚至連一句「詩」都寫不出來，我覺得也可能發生，因而不安著。那完全因為我不夠成熟，你就嘲笑我吧！假如嘲笑是當真的話，我甚至會為了想被你嘲笑而故意犯錯也說不一定。

關於「詩」應該從哪裡開始寫才好呢？自己選出來的問題，如今卻說出這種話，也許你會覺得我未免太沒責任感了吧！我不知道你信不信，當初提起「詩」時，我有一個明確的思維，也知道該寫些什麼。就這意義而言，也許現在我當然還知道要寫什麼。不過，一旦提筆書寫時，居然感到猶豫不決。

例如，我是否應該先給詩下定義呢？還是相反地，我應該先從有限的形式或內涵寫起，最後集中探究所謂詩的意義會比較好呢？或是先離開「詩」，從極端存在論的實存世界觀點，引導出詩的價值和詩立場的方法，比較具有正當性呢？另一個方法，就是先從跟「詩」有密切關係的「詩人」或「詩意般之物」等開始動筆，也許也是可行的方法；或是詳盡詮釋一首現有的詩作，進而突顯出這種文學類型的命運，也許也不錯。

不過，我打算用上述之外的方法來書寫。雖然那也許無法稱之為「方法」，連我本身都無法否認那是極為危險的作法。或者說，甚至認為那也許不被允許。自己認為很簡單、容易又直接的方法，也許卻是出人意外地困難、無法達成的曲折道路。不過，我下定決心，假如無法達成目的就讓它無法達成，自己不過就是抱持這是無危險道路的樂觀態度而已。

請不必驚訝！我選擇的是從「詩形成之前」來書寫的方法。我當然認為自己不該拘泥於此。但是，所謂「詩形成之前」，如同森林圍繞的一條山路。如果不喜歡那條路的話，縱使隨意離開，似乎也不致有什麼重大的改變。有時候我可能迷路，或竟然走上柏油鋪成的國道，一到夜晚我不得不睡覺、或做噩夢，縱使有時候我會坐在路邊、天馬行空地幻想、或突發奇想要吹草笛等等，也請多多諒解。我甚至認為自己就是喜歡這樣節外生枝，才會選擇這個方法。

今天，暫且就此擱筆吧！另外，除了我對你的敬愛以及我所書寫的相關事宜，請不必過於深思，還有我是何許人，也請不必介意，千萬拜託。

第二封信

那是兩、三天前中午過後所發生的事。我有事走到熱鬧的市場前，發現有一處人群遭阻而鬧哄哄的地方。仔細一看，四、五個工人拚命地修整覆蓋馬路的混凝土板。我想一定是地基泥濘導致路面下陷，或為修復水管才把路挖開吧！

不知為什麼，看到這個經常可見的光景，不知不覺中我竟感動到不想離開，好一陣子就呆呆地站在那裡，看他們動作熟練而敏捷，好像機械般一個接一個把混凝土板嵌進去，再以木槌敲直傾斜的部分。這時候，除了幾個小孩避開人群、站在馬路一旁觀看，大部分的人都是大吃一驚停下腳步，就被後方的人催促而趕緊往前走，有些人則是漠不關心就走過去。很多行人視若無睹地踩過工人修復的地方。

當中有一個工人突然抬頭往我的方向看過來，我有一種被趕走的不安，所以掉頭就走。我無法理解到底為什麼，我對那場景始終揮之不去。我走著走著，突然發現那個抬頭看我的工人，在無意識中從一開始就引起我的注意。他身著新土黃色卡其服，卻因工作而有部分沾污的痕跡，看起來除了有點神經質顯得瘦弱外，實在是一個沒有特色又很平凡的人，但他卻給我一種背負著悲傷的印象。

那時候只有這樣的感受而已。今早為了寫信給你，當我正在猶豫不決、不知該寫些什麼的時候，不由得又想起這件乍看之下很無聊的瑣事，甚至還讓我覺得這件事可能具有相當重大的意義。很奇怪吧，總覺得自己很在意，所以我下決心要更深入研究這事的意義。當然啦，其理由就是我認為這事件隨著「詩」的某種命運。雖然將它稱為「命運」，未免太小題大作，也雖然單純只是個妄想而已，我依舊認為談論這件事具有意義。總之，雖說是一件小事，也可以除掉自己心中的不安。

那時候，到底是什麼事情讓我心生感動呢？是那光景呢？還是那工人所背負的悲傷呢？我無法判斷。恐怕兩者都有吧！

我不斷深思後，在各種印象中首先浮現的，就是所謂抽象化的「步道」這個灰色而令人覺得可怕的形象。如今映在我心中之眼的光景，應該是和那光景毫無二致，不過那是遭挖掘後、充滿可怕沉默與孤獨的古代遺跡。在無限瀰漫大霧的步道上，無數的灰色群像無聲無息地走著。這般寂靜的行進中，唯一特別鮮明的現實色彩、也可說是具有沉重的污濁顏色的，肯定就是那名男子。在整體光景千篇一律又單調的恆常時間裡，只有那名男子好像脫離那裡，在別人都認為只有方向的「步道」上拚命做自己的工作。對別人而言，不具任何意義、僅只是一個空間的「步道」上，他卻感受到既定的法則、樣式以及意義，為生存而在此付出特定的技術。此刻，我忽然想到他背負悲傷的理由。因為在那光景中，他是唯一可悲的自由人，甚至他可能知道自己的立場，也知道自由的可悲吧！我認為當他抬頭看我的表情裡，我確實感受到他的那份自覺。不然，到底為什麼會讓我如此焦慮不安呢？

我也思考過那種事。在每一個瞬間裡，於某一條「步道」上，一定有無數的人們那般走著。在那些人群裡，肯定有讓個體獨立的契機。現在，我想要以戀愛中的人為例來說明。當然這只不過是個例子而已。我只是想以戀愛中的人為代表，來觀察具有這種契機的性格。啊！我找到了，肯定就是那名男子。因為只有他，不在乎其他修復道路的工人和路面下陷，對於那些快速往前走過這地方、轉頭咒罵的聲音，他好像也充耳不聞，步調依然不變，非常快速地走進人群。他一定是匆匆趕去見他的戀人吧！他的嘴角微微浮現認真的微笑，代表心中的渴望與憧憬。我一直凝視他的側面，別說生氣，我反而悄悄地對他產生憐惜。對他而言，這條路和別人一樣，單純只代表距離和方向的意義而已。不過，他連這一點也沒察覺到，就某種意義而言，應該很幸福吧！但是，這種幸福很容易破碎。也許當那熱度冷卻的同時，也會跟其他工人一樣，認識道路本身所具有的意義和內涵，也許可能產生這種悲哀吧！這種人就是值得憐惜的。

我正如此思考時，男子忽然以一種不自然的動作，在一瞬間停下腳步，低頭往腳下看。他好像在尋找什麼。我不由得感到害怕，我害怕那個令人戰慄的瞬間已經到來了。不久，他又開始往前走，不過和剛才不一樣，小心翼翼好像在數數兒般走一步點一次頭。真是奇怪的徒步方法。我內心恐懼地看著他，在理解行動的原因後才放下心來。他的眼光銳利地凝視覆蓋在道路上的鋪石，不過他關心的根本不是「步道」本身的意義。他只是避免踩到道路上縱橫貫穿的鋪石接縫而已。我明白了。他是一個迷信的人。跟其他戀愛中的人一樣，恐怕是想確認戀人的心意是否改變吧？也或許想要知道戀人是否在她的家裡呢？

總之，他果然是一個忠實的情人，換句話說，目前他幾乎還沒察覺「步道」單純就只是方向和距離，一想到他肯定往返多次，我就放下心中的一塊石頭了。

縱使如此，我還是覺得自己耽擱太多時間了。也許我原本想要寫的故事和這根本就完全不一樣。至少我覺得那名男子，也就是那個工人，忽然抬頭看我的那種毫不留情的眼神，還有很多可寫而還沒寫出來。如果可能的話，我希望在下次的信裡，一定要寫出來。

第三封信

結束一天的工作後，在冬天罕見的溫暖夜晚，輕輕地打開窗，以疲憊卻舒暢的眼睛，看著窗外月光照耀下的葉子或屋瓦看到入迷，心情愉快地點根菸，這種狀況總會帶給我們新鮮的感動。那時候，必定好似有誰在背後不斷對我們低聲細語。是不是有誰以一種深刻人心的說法，對我們訴說些意想不到的安慰和悲傷？

其實，我剛剛聽到這些話。我就很想分享給你。幸好，這些話跟上次我在心中和你約定的那名男子也有關聯，何況假如不是在像今夜的窗邊，也許就沒有說話的機會。

這是我聽到的細語。

「夜……是的，就是在這樣的夜晚。我決定要去死，站在窗邊最後看到的是……房間也是這樣。窗子的形狀也完全一樣。如同你那般，我也讓左肩靠著窗緣，一隻手在冰冷的扶手上慢慢滑動，我深刻體會到那說不出的感動。那隻手因為興奮而發抖。……這麼說來，你的手不也在發抖嗎？……不過，那時候我的手中拿的並不是香菸，而是溶入大量麻藥的一只玻璃杯。杯中的液體，閃耀著如水銀般的月光。

我喝了一口後，深呼吸。十分鐘過後，又喝了一口，再深呼吸。不知道過了多久，我突然感到一種異樣的戰慄，整個身體凝然緊繃起來。同時，有一種令人陶醉好似麻痺般一直往腦中深處沉進去。在無盡的憂鬱中，雙手沉重抖動，最後的一口液體通過我的唇間後，不久我將進入永遠之眠，實際上會有多長的時間呢？也不是我所能知道的，總之我覺得很長、很長。我感覺那是遠比至今所過的一生還要長的時間。我驀然發現，寧可那瞬間不曾消失，一直持續到現在。

總之，我就是在這種情況下，告別自己的肉體。今夜見到你，突然想起我已消失的肉體。在類似那一夜光景的回憶裡，我無法默不吭聲就讓它等閒而過。你就聽一聽吧！不是很長的故事，你就保持原來的姿勢聽一聽吧！

我可以講述你所不知道的那種沒有肉體的悲哀，也可以說一說那一夜在無盡陶醉中所體驗的奇怪經歷。假如要說些和你更相近的事情，我也可以告訴你，為什麼我非選擇死亡不可呢？還有那一夜之前所發生的事。

你就聽一聽吧！首先我想談一下有關『命運的面貌』。我說了『首先』這字眼，也許那就是我想訴說的全部故事吧！如果講述這些，就是在講述我自己的一切……那麼，所謂『命運的面貌』應該就是我的名字。不知道你相不相信『命運的面貌』呢？

在心平氣和、空無一人的小房間裡，你不妨靜靜地看著鏡子吧！你看到鏡中凝視你的臉就是『命運的面貌』。除此之外，有時候突然抬頭看到的臉也可能就是吧！我想你一定也記得這種事，例如，在人來人往的路上……」

此刻，我猛然想起那名男子，突然抬頭看我的那個修復道路的工人。我發現當下在我背後低聲傾訴「命運的面貌」的人，就是那名男子。他暫時停頓一下後，又繼續述說：

「我想先從我的名字被烙印上『命運的面貌』那一天來敘述吧！那是很久以前。那天以前的我，儘管性格乖僻，總也能在平凡的世界中過活。當時自己的生活就像是全球生活的平均值。換言之，我是個平凡的薪水階級。雖然年近三十歲，仍是單身，其理由不過就是我生性相當懶散而已。我的生活並沒有什麼困難，幸運與才能彌補了我懶散的個性。『才能』這種字眼用在自己身上真是奇怪，不過我確實擁有非凡的能力。在工作方面，我因是一個怪人而引人注目。前途光明似錦。

我的性格乖僻，如上所述個性非常懶散，還有一點，就是從抽象的觀點來觀看一切事物。我對一切事物都是冷淡、否定地看待。然而，總而言之，假如不是發生現在我要講的那件事，我不久後應該是順遂結婚、老去、當課長、成為董事，有時為兒子生病而感到煩惱，無疑地就會在衰老中感到幸福，迎接死亡。

你就聽一聽吧！在某個寂靜的，是的，剛好就像現在的夜晚，那時候我也像你一樣靠著窗邊佇立。當然跟最後的夜晚不一樣，我手上拿的是香菸。夜晚、窗邊、香菸，這種愚蠢的組合到底具有什麼意義呢？那就委由你的知識去思考吧！不過我希望你能去思考從這種狀況所產生的夢想和覺醒。窗子，很少人認知它的存在是某種精神的媒介，透過它呼吸直到夜晚，成為屬於自己的內在卻不屬於自己名字的部分。那是在萬物中震動的量子觸感。當中，已然忘卻屬於人類的宿命，某個實體捨棄了所謂的幻覺。

我就這樣站在窗邊，過了好幾個小時，當然其中，有我深深受到感動的時刻，也可以說因為這種狀態讓生性懶散的我感到很舒適。可是，我覺得未必沒其他的理由。我好像陷入停滯的狀態，或者說是在玩味無法表達的感情。

輕輕地敲門聲突然讓我甦醒了。因為工作上的關係，我的訪客很多。縱使時間很晚，我也不介意客人的到訪。來訪的陌生男子極為溫和親切，總是猶豫地深深低下頭。最初我覺得自己並不認識這張一直露出微笑的臉，仔細看之後，我發現確實曾在哪裡見過面，卻也想不出他到底是誰。實際上，我認識很多人。不僅是工作上的朋友，連我喜愛的繪畫或文藝評論方面的朋友也很多，心中暗忖這人應該也是這些關係認識的人之一吧！因而也很客氣請他坐下。那人卻很有禮貌地婉拒，而且很奇怪地畏畏縮縮說道：『不用了，今晚我是為了有非告訴您不可的事才來的』，他邊說邊繞過桌子走到我身邊。他小心翼翼地、以非常客氣的態度把他握住的手伸到胸部的位子，再輕輕地放開。

我不知道那是什麼意思，好奇地看一下他的手掌，有些驚訝。他手掌裡什麼都沒有。不。不僅如此。該如何去形容他的手呢？他的手掌光滑到連一條皺褶也沒有。明亮的燈光照亮下的手掌，看起來好像蛞蝓。我感到很害怕，忽然抬頭一看，那張臉不知怎麼了？真是奇怪至極，變成難以想像的模樣。他的臉變成在應該凸起的地方凹下去，應該凹下去的地方凸出來，好像整張臉都被翻轉過來。這就好像從背面看到的能樂面具一樣。我立刻感到一種無法形容的恐怖，全身發抖、起雞皮胳瘩，有種被推到黑暗的阿鼻地獄般感到頭暈目眩。

那時候，假如耳邊沒有傳來那人以平凡、好像道歉的聲音，我一定會嚇暈或大聲喊叫並上前毆打他。

『哎呀！不好意思，我沒想到把你嚇成這樣，真的不好意思……。』實際上，他所說的話很平凡又具現實性。我提起勇氣再看他時，他跟剛剛才進來時一樣溫和親切，卻露出有點困惑地微笑看著我，完全一派若無其事的樣子。他就只是拿著漂亮的面具，還有橡皮或是什麼製成的手套樣品，不知哪家公司來訪的推銷員而已。他舉著兩種商品的手，也是極為常見、有很多皺褶的手。

當時，我驚魂未定、一句話都說不出來，他卻毫不在意我的狀態，快速地把面具和手套的特性做了說明，並且將它們整齊擺放在桌上。結束後，抿著嘴巴笑道：『哎呀！真的太對不起了。不過，要是真的有了那種手、那種臉……，如果算命仙看到，不知會怎麼說？沒有過去也沒有未來的手掌，……算命仙肯定驚慌失措吧！還有算命仙到底該如何看待表裡顛倒的面相呢？』他滿不乎地癡癡笑又說道：『可是，也可能會有這種面相啊！對一般算命仙而言，當然從表裡顛倒的面相來判讀它本身的命運啊！他們大概會說這就是『命運的面貌』……，如果我是算命仙，我一定會這樣說喔！你臉上寫著『你應該趕快去死吧！』你同不同意我的說法呢？那名男子看到的已經不屬於現世的事情了。我們已經把臉部的背面完全消化掉而不在乎了。對那人來說，現實就是臉部的背面。那麼就沒有活下去的必要，我們也沒必要希望他繼續活下去……。然而，有關什麼才是人類的幸福這種問題，已不屬於我們應該關心的事……。』

這時候，他突然停下話，依然面帶著微笑，輕輕地點一下頭，然後很快就轉身，都還沒說出他該說的推銷說明，連聲招呼都沒有，匆匆就離去了。我不由得感到這名男子，好像從縫隙吹進來的一陣風。

他離去後，我好像在作夢，好奇地把弄那面具。我毫不在意地試戴在臉上。真是太奇妙！那面具好像特意訂做般，剛好合我的臉，而且戴上後，它舒適地貼在我的臉皮上，完全沒有戴上面具經常有的緊迫感和不協調感。我覺得不可思議，輕輕地撫摸面具，頓時感到很愕然，沒想到就好像在撫摸我自己的臉。臉上感覺到手指的冰冷、手指上感覺到臉部的微溫，這種感覺我連想像都不曾有過。我認為那好像是什麼不吉祥的危險預兆，趕緊想拿下面具。但是我心深處所預感、最不願意發生的可怕事態還是發生了。面具和我的臉竟然緊緊黏在一起，怎麼拔都拔不起來。不僅如此，連面具和我臉部的接觸面也不見了。我很慌張地拿出一面鏡子，凝視鏡中自己的臉，更加吃驚的同時，我也放心了。因為鏡中所映照出來的那張臉，完全就是我原來的面貌，沒有絲毫改變。

我垂頭喪氣地轉頭看桌子，我發現在手套旁邊，原本擺放面具的地方，有一張摺得中規中矩的紙片。我卻一直都沒注意到。我期待這張紙片可以讓我得到些說明，手一伸過去，真是不可思議！我的手簡直就像別人的手般，竟然轉方向就抓起手套。雖然我覺得很奇怪，卻也無所謂地接受了。我仔細觀察手套。看起來這手套並不適合當樣品，因為只有左手，而且又不好看，看來也不具什麼特殊效能。我想起剛才戴上面具的結果而想作罷，卻感受到一股強制要我戴上手套的衝動，我提心吊膽把指尖伸進手套，瞬間我又有一種不祥的預感，立刻想把手縮回來，可是太晚了！手套自然而然、好像有彈簧般緊緊貼住我的手。更狼狽的是，和面具的情況不一樣，手套完全融入我的手，我的手已經無法恢復，變成如同剛才令我大吃一驚的手掌般，很光滑而沒有任何一條皺褶，加上手腕的皮膚漸漸和手套合為一體，皮膚的神經瞬間變成為手套，手套和皮膚的觸感已經毫無差異。換言之，那個奇怪而沒有任何一條皺褶的東西，竟然就變成我的手了。我的右手當然還是和以前一樣。我交互凝視兩隻手，與其說是驚訝，不如說是讓我陷入陰沉的悲傷中。我恐怕還沒明確地覺悟到這個怪異事件，已經成為事實了吧！自己感到悲傷的並不是因為出現一隻新的手，而是因為自己喪失長年的那一隻手。

我認為沒必要囉囉嗦嗦去敘述當時自己的混亂和絕望。雖然沒有人看到，我卻狼狽又慌張地把左手插進口袋內，而且再也不想露出左手。

最後，能證明那男子存在的只有留在桌上的紙片，成為在這場混亂中唯一的希望。對於處在這種狀況下的人來說，將希望寄託在最後遺留的未知之物，強迫自己相信可以因此得到救贖，自是理所當然的態度。我在滿懷期待和不安中，有種近乎可笑的興奮情況下，發抖地拿起那張紙。那是一張純白的紙。好像為了安撫我亢奮的神經般，撲鼻而來是一股說不出的甘甜、如乙醚般的氣味。

那張紙片上，與我的期待背道而馳，不僅沒有留下任何解決之道，反而寫著更不可解、令我更混亂、毫無用處，奇妙又美麗的詩。美麗……，在情緒一片混亂中，我怎會感受到美麗呢？也許你會覺得很不可思議吧！那只能說是某種宿命的開端吧！實際上，就客觀來說，那首詩是否美麗，另當別論。重要的是，當時我感到美麗的事實。那首詩的內容如下。那首以墨汁所寫的美麗字跡，至今仍歷歷如在目。

沒想到被邀約
　在思慕的河邊　微微綻放地
　　冷冰冰的花兒　流著淚
　　　既無名可稱　亦無所求
　　　　黃昏的空中　自己畫自己的
　　　　　宿命之花　凋零了

我突然感到累了，疲憊地躺在長椅子上；抵不過睡意，用毛巾蓋著身子，隨即好像虛脫般熟睡了。

翌日，睜開眼睛，已經是上午十點過後了。」

那時候，不知哪裡傳來時鐘敲打十二聲的報時聲，他卻急忙說道：

「哎呀！今天已經結束了。話匣子一打開就收不回來了。現在已經說完我的名字之所以是『命運的面貌』的理由，假如明晚也像今晚的話，你可以再叫我出來，我會把後來的事講給你聽……。」時鐘打完十二聲的同時，變得一片寂靜。我忽然發現香菸的火已經熄滅，月亮在不知不覺中已西沉了，什麼都看不見的黑暗中開始寒冷。

第四封信

幸好今夜的天氣和昨天一樣好。我也和昨夜一樣，佇立在窗邊。不久，「命運的面貌」很高興地又開始說話了。

「那麼，今夜我打算把自從取名為『命運的面貌』翌日早上之後，所發生的故事講給你聽。對！『命運的面貌』到底如何生存呢？又如何破局呢？這些事也應該談一談才對。你就聽一聽吧！

我醒來的同時，想起昨夜所發生的一切事情。但是，直到我看到掉落在地板上的紙片，才明白那一切都不是夢。我提心吊膽以左手翻開那張紙，果然不是夢。一切都是事實。在明亮的白晝裡，我的左手掌依然很光滑、沒有任何一條皺褶。

不過，我只要緊握拳頭，或將手伸進口袋就沒事了。一到早上，我最掛心的還是臉部的變化。雖然昨夜看到沒有任何改變，但誰也不知道在白晝裡，自己的臉會不會又變得奇形怪狀。我拿起鏡子，提心吊膽地一照。我看到的還是自己原來的臉，一下子擠出笑容、一下子露出牙齒，無論做出什麼表情都是自己的面貌。我明白後，心情豁然開朗，快活地吃起昨晚剩下的冷飯。

咦，這麼說來那個面具不就變成有也好、沒有也好嗎？不具任何意義，只是驚嚇我一下就消失了嗎？其實，雖然面貌沒有起變化，在我的心裡開始產生更大的變化。那是把我的存在從根底搖撼的力量。這件事，隨著反覆閱讀那首詩，我愈來愈明白了。

那名不可思議男子留下話就離去，我開始感受到所謂面相表裡顛倒的世界。依照那男子的說法，那張臉上寫著『你應該趕快去死吧！』可是我卻感受到無上的喜悅，而且有意識地承認這件事。我開始以暢快的心情去玩味『不屬於我們所關注的幸福』。這是我至今不曾有過的喜悅。這一瞬間，我才感到自我存在的事實，多麼美好又值得讚美。對於一件又一件的事物，所有一切的存在，我睜開驚訝的眼睛在觀看。一小段話、小小的動作、瞬間發生的行為、被遺忘的草、牆上的斑點等所有的一切，讓我感受到存在的本質、自我，還有可抵達無限之路。雖然，我無法表達出這種感受，不過那就是將眼睛所見到，那些有條不紊的論理、功利性的技術、單純化的事物，融入其中的自我的極為追根究柢的方法。這個無法說明的論理，就是去體驗符號化之前的一切存在。但是我預感到，還有一樣也是從這裡產生出來的。那就是詩。

那就是內在和外在交替的世界。至今所稱的『外在』圍繞並支配我們，或被我們所支配，不知不覺中我們察覺到那已經成為我們自身的動作，且每一次都會更新。換句話說，如同呼吸般、如同心臟跳動般的世界，那種至今我們都稱為變化的現象已經消失得無影無蹤。然而我們知道恆動之物、變化之物，都是可以讓我們在當中營生的環境或命運，相反地從內在發生，以未可知之姿出現，就是至今所稱的外在，我知道外在已經開始滲透到內在這件事。於是，我的臉變成表裡顛倒了。

如此，一切關心就會從外往內，也就是經常所說的感情和感覺完全消失了，如同過於飽和的溶液中掉落的核心，我開始在自己的周邊形成很大的結晶，已經無須任何意義和價值，也無須比較和區分了。我不認為得為自己找任何理由。我唯有做出一個可以讓自己沉淪的行為。那就是在時間停止之際，創造出一個又一個的瞬間。總而言之，可以說我是以努力和意志力，將自身深入潛進觀察、命名和愛的主體當中的一種行為或說是存在的形式。

唯一希望不要被誤解的點，就是這絕不是試著向下挖掘、暴露或變更的世界，而且也不是對一切事物漠不關心。我不想去判斷或詮釋人們的悲哀、喜悅、哀嘆以及相關的趣味、思想。因為人的本身、人的悲哀、悲哀的人，這三種存在合而為一的意義，就是各自相異個體的實存。我的心嚮往的地方、我的行為嚮往的地方，那是超越個人這個單位，那是將所有一切終歸於一的境界。

如此，我失去生活、失去命運、失去鄉愁，然後開始潛入如同遺忘好久、不知下次什麼時候會再使用的鑄模般的瞬間來到了。發生在我身邊的日常現狀，就是美麗自身的反照和姿態，我感受到宛如愉快地觀看繪本、聆聽小鳥歌聲般的心情。

我已經不再外出上班。不如說，那種事已經比星星說話更無意義，等同就是空話。從那一天起，我的生活已經無法以客觀態度來描寫了。因為人們所能理解的普通生活已經消失。我呼喚宇宙，也為宇宙所呼喚，已經成為宇宙的存在了。

兩、三天後，公司的同事來找我。他以友善、年輕中堅分子的開朗態度，慢慢晃動沉重身子坐在我身旁，滿臉笑容、充滿好意的語調，說道：「你怎麼了？我擔心你是否生病，好像還好嘛！不過，你的氣色看起來很不好。要多保重啊！所以我不是常說嗎？你應該早點娶太太。一個人過日子真的不好。明天會來上班嗎？大家都很擔心你……。」我想回應時，發現自己完全改變而頗為驚訝。我已經無法像以前般和大家相互揶揄、開玩笑了。我只覺得他說話的聲音聽起來好像在夢中般遙遠，自己的心情則是非常平靜而已。我笑一笑。答道：「謝謝。好像是感冒了，不是什麼大不了的事，請不要擔心

（一九四七年一月二日／一月四日／一月八日／？）

＊本小說的後半部佚失

白蛾

有一天我因有急事，必須搭乘名為「白蛾丸」千噸左右的小船外出旅行。我覺得船名有點怪異，肯定有什麼特別的緣故，途中我就問船長到底有什麼故事呢？船長邀我進入在帆柱旁一間白色而漂亮的房間，他邊微笑邊給我看擺在桌上的玻璃箱。我看到箱子內的底層鋪著黑色的天鵝絨，正中央有一隻白蛾被釘住。

「因為這隻白蛾，所以才將這條船取名為白蛾丸。你仔細看！實在很漂亮吧！牠不只是白色而已，還有綠色、淡紅色、黃色等各種顏色，好像彩虹般融合，對不對？……」

「啊！確實是這樣。但是我認為不只是因為牠的顏色很漂亮，應該還有什麼特別的理由才會將這條船以白蛾命名吧！可以請您講給我聽嗎？」

船長傾斜著頭，又笑了。

「這樣子嗎？其實沒什麼特別的故事只有一個很無聊的理由。我覺得把這理由講出來，可能會被人家笑。」

「不過，船長！對您本身來說，那理由一點也不無聊吧！而且還是讓您有特別感受的故事，對不對？」

「確實如此。」

「那就夠了，請您講給我聽吧！」

船長要我坐下來。他自己也坐在椅子上，時而凝視被釘住的白蛾，時而以指頭輕輕摸著玻璃箱的蓋子，敘述以下這麼一個故事。

× × ×

應該……是近十年前的事了吧！我終於當上船長後不久的事。那時候，我年輕氣盛又野心勃勃，對於自己只當這條小船的船長感到非常不滿意。因為心中不滿，看什麼都不順眼。這條船外觀難看，速度又慢，發動機老舊，建造粗糙。總之，我對工作不滿意而且常常抱怨，跟其他船員也相處不好，船公司當然就不喜歡我。結果我變得自暴自棄，任性又恣意妄為。有一次狂風暴浪中，無視忠告硬要出港，差點遇難。也曾跟一位可能成為好主顧的貨主爭吵而被取消契約，經常為一點瑣事而生氣或解雇船員。因為如此，那時候的我處處遭人嫌惡或害怕，因此非常孤單，為掩飾我心中的寂寞，故意在人前表現出傲慢的態度。儘管如此，天性就是當船員的我，除了在船上工作外，根本感覺不出有什麼生存的意義。因此，我無可奈何地處在這種不愉快狀況中繼續生活。

× × ×

有一天，那是船要出港的前一晚。有很多該做的事，以致我變得比平日更煩躁，在辦公室和機房之間來來回回，簡直就像跟人吵架般大吼大叫地奔跑著。我被自己的任性搞得很激動，為了一點小事對下級船員大發雷霆，甚至就要動手打他時，恰好一等航海士經過，試著要安撫我的情緒。這讓我對這位無辜的一等航海士感到憤怒。雖然我知道一等航海士個性溫和敦厚，他不願對暴躁的我責難而低頭道歉時，我心中非常苦悶，卻也不得不稍微收斂，讓事件落幕。因為這件事我感到內疚，以致一整天都鬱鬱寡歡、情緒低落。

× × ×

我想正因為這個緣故，傍晚回到我的房間用餐時，看到餐桌上有一隻大白蛾——就是這隻蛾停在那裡，假如是平常碰到這種事，我一定是二話不說用力捏死牠。那時候，我卻只用手指輕輕彈牠一下。這肯定是因為當時我心情非常沮喪吧！我竟然對那個溫和敦厚的一等航海士發那麼大的脾氣，當下正受到良心的苛責吧……

那隻蛾被我手指一彈、即將掉落地板的瞬間，又恢復以快速的動作往電燈飛上去的姿勢而迴旋兩、三次，不久牠就停在擺在那裡的白玫瑰花上。

船長說到這裡，指向插著美麗白色百合花的花盆，百合花斜垂著頭，散發出淡淡的清香。

「原來如此，不過那並不是玫瑰花呀！」

聽到我這麼說，船長答道：

「是的。因為百合花有球根，在航海中至少不必擔心花會枯萎。雖然我喜歡玫瑰花，可是插上玫瑰花卻很容易枯萎，植栽的玫瑰花又沒辦法經常看到花開，還得細心照顧，實在太麻煩了，所以才會以百合花代替玫瑰花。讓我繼續講，這和白蛾也有關係。」

船長將雙手交叉擺在膝上，額頭上的皺紋緊皺，露出陷入深思的神情，一會兒後，忽然深深嘆了一口氣，又恢復笑容，看著那玻璃箱繼續敘述下去。

× × ×

原本我的個性就是屬於那種今日事今日畢的人，所以那天我也是把當天該做的一切事都做完。飯後就無事可做，於是點根菸邊抽邊發呆。雖然這是常有的事，不過那一晚回想起自己一天來所發生的事，好像有一杯苦汁浸透我的內心般感到悲哀又苦悶。我清楚地知道自己的壞脾氣，卻也覺悟到自己就是控制不了那種衝動。

外頭傳來，船員為準備明天的出港，在甲板上精神抖擻地走來走去的腳步聲、相互的叫喊聲。但是，沒有任何人想來招呼我或走進我的房間。生性頑固的我一想到這樣的情況，無名火又冒上來。真是太可悲了！太醜陋了！事實上，我只有一顆自大自傲卻又軟弱膽小的自尊心。

我感到非常難過，無力的眼神隨意在房間內到處轉，不意竟發現那隻蛾，我的視線被牠吸引住了。我隨意站起來，走近那隻蛾。看起來牠一動也不動，可是卻發現牠不斷抖動，好像蛇在吐信般微妙又複雜地抖動觸角。看到這種情形，我不由自主地對那隻蛾竟然產生興趣了。那當然只是如孩子般的好奇心，我卻專注凝視到忘我的境界，這種事對我來說實在是少見。我認為那隻蛾必定擁有讓我感動或吸引我去關注的特別因素，如果是其他昆蟲，例如大紋鳳蝶或姬鳳蝶的話，我應該就不會那般專注而忘記自己經常衝動的苦惱吧！

×　×　×

船長忽然停下話，無力地將背靠著椅子，握拳輕輕敲打額頭，他的臉上滿是微笑的皺紋，我有些不明白這種表情到底意謂著什麼？

「哎呀！真是對不起。這故事一定讓你覺得很無聊吧！不。不如說是讓你感到傻眼吧！我這般暴躁的人竟會認真地敘述一隻小白蛾的故事……，真是太沒男子氣慨了。因為你很技巧地讓我說出來，沒想到我竟就一五一十地全盤托出了。」

「您真是愛說笑。那是船長的怪想法啦！我不贊成您把事物區分為無聊、沒男子氣慨……之類的說法。一般而言，人家所謂無聊、沒男子氣慨的事物，反倒是出人意外地具有眼睛看不見的人生大意義，有時候甚至成為人生重要的課題。我認為眼睛看得到的事物，只是零碎的寄宿在眼睛看不到的龐大實體中，那只是一些短暫的形象或影子而已。」

船長的表情變得很嚴肅，直挺挺坐在椅子上，把長著濃毛的肥厚手指頭的關節折得「喀喀」作響，然後以比起剛才更低的聲音繼續敘述他的故事。

×××

是嗎？假如你也有這種想法的話，我就安心了。那就繼續講下去吧！咦，我講到哪裡了？對了。講到我看到那隻蛾很感動。

牠真是愈看愈有一種不可思議的細緻和美麗。我非常驚訝。牠的身體好像被白粉覆蓋般雪白，有幾處卻閃著美麗的光輝。牠的身體有一層像玻璃般細緻的胎毛。這隻白蛾跟蝴蝶不一樣，那種較為肥厚的身軀讓我強烈感受到一種現實之美。

看著看著，忽然發現牠有一邊的翅膀好像被咬斷般綻開。仔細注意看，更發現左右翅膀的綻開形狀不一樣。牠以六隻腳緊緊抱住一片光滑卻似有古老回憶般的玫瑰花瓣，實在讓人覺得跟牠很搭配也很適合。

忽然，我的腦海中很快就編織一篇和這隻蛾有關的童話故事了。那時候我認為假如我有孩子的話，一定要把那個故事說給他聽，所以印象非常深刻，直到今日我仍然清楚記得那故事。順便說給你聽吧！總之，那是一個沒有條理、始終都只是在我心中的無聊回憶的故事……

× × ×

那是這樣的一個故事。

那是在某海岸突出的海角丘陵下的蟲蟲世界所發生的故事。首先我想描寫白天裡被陽光擁抱的蝴蝶、蜜蜂以及小鳥等美麗景象，然後我要說明蜷伏在那裡的角落有蛾類一族。蛾天生膽怯，因為牠飛得沒有蝴蝶漂亮，歌唱得沒有蟋蟀好聽，牠的肥厚身軀很顯眼又醜陋，只會被當成嘲笑的話柄……。

這樣說明後，我就要開始進入一生下來就帶著不幸的白蛾了。如前所述，生存在敵視與輕蔑中、依然能夠生存的理由，幸好牠學得所謂保護色這種便利的形態，然而天生就是這種顯眼的白色蛾類，當然引人反感和憎惡。

有一天，忽然起因於某事，白蛾招惹所有蟲蟲的嫉妒和敵視，牠的藏匿之處被一隻小鳥揭穿，終於陷入不得不逃走的窘境。但是因為身上顯眼的「白色」，對牠非常不利。總之，飛到這根樹枝又飛到那根樹枝，躲在這片葉下又躲到那片葉下，如此一再被追迫到森林之邊境，終於無處可逃而身陷絕望。當牠心灰意冷舉頭一望，忽然看見遠方的港灣裡，停泊著一條最為顯眼的白色船隻。換句話說，那就是我的這條船。白蛾猛然想起映在水面上自己的姿態，覺得自己躲藏到那裡也許就可以逃避小鳥的追殺。牠有幾次被小鳥攻擊，差點命喪在那尖銳的嘴巴中，還好終於逃到船艙的某一個角落。因為這條船的顏色和牠一樣，才可能避免喪命的危機。我想像的童話大致上就是這樣。

接下來的故事情節就與我所目擊的事實有關。總而言之，不久天色愈來愈暗，牠害怕小鳥與其他蟲蟲的攻擊而不敢返回森林。不知不覺中，日落西山，萬家燈火。牠突然發現，自己的頭上有一扇窗，窗內燈火通明。牠無意中探頭一看，那裡竟然不是牠早已習慣的綠色大地，而是跟自己同樣顏色的白色天地，牠不由得升起懷念之情，於是趁著船員送餐的空隙飛進那房間裡。故事就這樣繼續進行。

可是，當牠好不容易有「白色」來保護而昏昏欲睡，以解一整天疲勞時，卻被人用手指彈開，所以急忙飛起來想尋找一處更白的地方來保護自己。我認為就是這樣，結果牠才會停在房間內最白的地方，也就是玫瑰花瓣上。

×　×　×

接下來我想跳開話題，簡單講一講我所看到的事情。我相信你一定可以充分明白我的意思。

翌日早晨，因為即將出港，我早就把那隻蛾忘得一乾二淨。我為了聯絡一些事情而上岸，由於諸事不順，直到天色快暗才回到船上。我邊感到焦慮邊下令出港，依照規則，我理應站在操舵室，卻忽然想起一件事情而回到自己房間，不知為何不意間卻想起那隻蛾。一看，牠竟然沒飛走，還是停在原來的地方。我變得跟平常不一樣，突然覺得牠很可憐，對牠說道：「船要是出港，你就回不了家了。趁現在趕快回家吧！……」我輕輕地把牠抓起來，往窗外放走了。

然後我又返回操舵室，在船出港之前，船長得緊繃神經指揮一切的事務。無論如何，出港和入港前後之際，就是身為這個職務的人最重要的任務。那時候船長非親自出馬不可。船一出港後，我就可以讓一等航海士或二等航海士等人輪流負責……

×××

天空上繁星點點，閃耀著光輝，直到燈塔的燈光也看不見時，我讓一等航海士負責航行，飢腸轆轆地回到自己的房間。令人驚訝的是我剛才明明放走的那隻蛾，不知何時又回來了，和原來一樣仍停在那朵白玫瑰花上。我有種受到很大衝擊的感覺。我認為這般細微、不足為道的事卻讓我有如此特別的感受，牠的行為必定是想對我訴說些什麼吧！

幾天過後，那隻蛾依然保持原來的姿勢停在那裡。我以為牠死了，走近一看，發現牠還活著，帶著淡紅色斑點的觸角頻頻抖動著。

不久，抵達某港口，因為玫瑰花已枯萎，我叫人買新鮮的花換上，不過在更換時，我突發奇想，為謹慎起見，並未把枯萎的玫瑰花丟棄而放在房間的角落。然後把那隻蛾輕輕地擺在新鮮的花上，結果……牠在那裡只停了大約半天的時間，不知何時牠果然又飛到已枯萎的白玫瑰花上了。我知道玫瑰花不久就要枯死，無奈之下，我還是把白色玫瑰花放置在一個水杯內。

×××

一天一天過去，白玫瑰花瓣也紛紛掉落，連那隻蛾也隨之愈來愈瘦弱。我覺得牠很可憐，卻也沒任何辦法，我只得棄之不顧。不知又過了幾天，某一天早晨，終於只剩最後一片花瓣了。那片花瓣已經不能說是白色，而是變成灰色了，它的形狀好不容易才能夠認出是花瓣。那隻蛾變得非常衰弱，明顯看到牠不停發抖。在即將掉落的花瓣上有一隻大蛾，那種狀態看起來很沒安全感。儘管如此，那隻蛾還是緊緊抓住花瓣，這種死心眼的模樣很可憐，卻令我感到生氣而有些慌張。

我認為如果自己走出房間外或什麼人進入房間內，打開門時難保不會因為有風而吹落最後一片花瓣，我抱著至少在最後一刻也拉牠一把的心情，我不出房門，靜靜待在房間，好似一直在等待某人的到來。不過，那隻蛾的生命倒也不長久。不久，一等航海士完成夜間航路監視，沒想到突然要來我房間，這種事是很少有的。當他慢條斯理的腳步聲在發動機和波浪聲中慢慢接近，終於停在我的房門前。他敲敲門，當我答聲的瞬間，我緊張到情不自禁地突然站起來。他打開門。飽含朝霧濕氣的一陣強風吹進來的同時，果然如我所料，最後一片花瓣和那隻蛾靜靜地離開樹枝而散落在地板上。

×××

看到我異樣的眼神兇狠盯著他看，一等航海士站在門外說不出話，一時呆住了。……總之，由於我平日脾氣暴躁、容易動怒，他有這種反應，也沒不奇怪。他一定覺得自己來錯時間了，輕輕行了一個注目禮想要就此轉頭回去時，我突然醒過來，急忙叫住他，指著地板上要他看。一等航海士茫然地看看地板，又看看我，歪著頭根本不知道發生什麼事情。這也難怪啦！那裡只有一隻緊緊抓住一片枯萎花瓣的白蛾屍體而已。

我對他說：「請坐，我有事跟你說。」他露出有點微妙神情的同時，臉色突然變得蒼白了。我想他恐怕以為我瘋了吧！不過，隨著我所說的故事，原本就是宅心仁厚的他漸漸放心而大受感動，一直處於深思的狀態。當我說完時，一等航海士撿起那隻蛾放在手掌心翻動兩、三次，說道：「我認為這確實帶給我們一些啟示。我希望人類的友情也像這樣。我們要不要以水葬儀式來安葬牠呢？」他說完話就露出微笑。但是，我說想把牠留在身邊做紀念，請他把白蛾還給我，所以就做成現在你看到的標本了。

故事到這裡就結束了。最後我想補充一件事，我不像一等航海士一樣，把這件事解讀為那是愛和友情的典範。像他那種有一顆善心的人，才會有如此的印象。我卻不得不認為那隻蛾的命運與隱藏在人類背後的悲哀命運是相通的。總之，這肯定是因為我這個人的個性很乖僻所致……。

不過，從此以後，也許由於自負，我的性格完全改變了。

×　×　×

話一說完，船長把裝有白蛾的箱子擺在桌上而發出「咔咔」的聲音。他露出很安祥的微笑，顯得很穩重又平靜，絲毫看不出有如他自己所說脾氣暴躁、容易動怒的樣子。所謂性格完全改變，恐怕不是船長的自負吧！

抵達目的地上岸後，翌日早晨，我從港口邊的旅館看出去，剛好看到「白蛾丸」出港慢慢駛向遠方。航行在深藍海面上的純白船體，看起來確實很像船長所說的那隻從舊巢逃出走的白蛾。我不由得陷入深思，默默佇立靜靜目送「白蛾丸」，直到看不見船影。

（一九四七年五月五日）

惡魔大聖堂（Dubemo）

1

文部技官・加地伸……把上面寫有這些文字的名片叼在嘴裡，用左手很生氣地撕成碎紙片。為什麼會這樣呢？因為他的右手好似被肩膀吸進去般沒有了。他打開窗子，把撕碎的名片撒向雨下個不停的窗外。由於空氣很潮濕，那些碎紙片無法散飛，掉落後黏在下一層樓窗邊的屋簷上。他沮喪地關上窗子，坐在那把淺淺的老式扶椅上，為保持平衡，靠著書桌。這種動作使他的下巴浮現出懶人常有那種好似被剜肉般軟弱的影子。他覺得很悲傷，這不僅是因為天氣不好的緣故，主要是幾個小時後，決定他命運的訪客即將到來。

他為平撫自己激動的心情，在整理書桌當中，突然停下來，有點膽怯又小心翼翼地開始思索剛才那張被自己撕碎丟棄的名片。那是直到三年前，可以明白表現出他在社會上的地位，有時甚至還可以當他的代理人，可是在失去右手後的他，那只是一張讓他感到心酸的名片。一想起無論什麼情況下，只要照例低著頭加上那張名片，肯定就可以代表他自己的那段時期，不由得讓他厭惡到胸悶、咬牙切齒。人之所以成為問題，果真是當事人自己本身嗎？還是自己的名片呢？他試著思索，縱使自己不曾失去右手，肯定還是要丟棄名片。他邊思索這件事情，邊發現自己卑微地凝視牆壁上那早已看膩的剝落白漆裂痕，他驚訝地站起來，看著自己前方的牆面。那個牆面上一條斜斜的裂縫，裡面住著一個從他搬進這屋子以來就成為朋友的惡魔。那朋友既是人類之王，也是上帝之手的惡魔。他低聲地呼喚道：

——假如在的話，可不可以出來一下呢？我受不了。

話一說完，那條裂縫先是閃閃發光，然後就有一個精力充沛的惡魔跳出來。惡魔有點駝背，全身長滿閃著光輝的黑毛，手腳的指甲如鋼鐵般金光閃閃。但是他非常清楚，惡魔比起以前已經顯得衰弱。例如原本純白的眼睛已經有些濁黃，唇色也變不好了。肩膀毛茸茸的毛有點凌亂。可是好勝心強的惡魔依然挺著胸坐在他的身邊。

——你受不了嗎？你的工作不順利嗎？

——這也是其中之一。但是，我很擔心我的妻子。你覺得怎樣呢？她會來嗎？

——真無聊。別說傻話了。我看不起你。連這種小事也會變成問題呀！我對你的私生活毫無興趣。倒是你的工作進行得怎麼樣呢？

惡魔說完話，直瞪著他看。他深深嘆一口氣，搖著頭低聲道：

——我們就不要再虛張聲勢了吧！我想你都明白了。工作方面，我只要努力寫一個故事就可以了。但是我總覺得不夠滿意，我還需要點靈感。只要有靈感就沒問題了。

——哼！你打算寫什麼故事？

——我打算以一個惡魔的一生為主題。第一章就是你的生長背景，再來寫你就是代表人類的命運，接著就寫上帝的左手。但問題就來了，接下來我應該寫些什麼呢？

——那麼，你說的那些部分都寫好了嗎？

——大致上都寫好了。

——就先發表已經寫好的部分啊！

——對。是要發表啊！所以等我妻子來。

——那就好。不過，因為妻子要來就這麼慌張，不能不說你真是愚蠢。

——已經三年沒見到她了。

——知道啦！總之，你根本還不了解自己的工作是什麼？

——而你……。

——我什麼都知道。但是，你也不必為了向我哭訴這些無聊的事就把我叫出來啊！我非得睡到十二點不可。十二點之前，你不是還可以努力工作嗎？那就再見了。過了十二點，我就會再出現。

話一說完，惡魔轉身就消失在牆上的裂縫。他輕輕地閉上眼睛，聽到雨聲宛如是在他心中響起的哀傷聲。雨好似具有嘲笑人類那種未分化感受性的權利般，在每一個瞬間以同一種節奏敲打窗子，只為強制把軟弱的人類引導至疲勞的狀態。從雨聲當中，無法產生任何形容詞。他為避免不安而專注聽雨聲，卻發現雨聲冷淡到不再理睬他的感受。他深深嘆口氣，眼前立刻微微地浮現出一道嘆氣的白霧，這讓他聯想起香菸菸。他沒辦法叼著苦澀的菸斗，讓微弱的煙霧和雨聲一起嘲笑自己。沒關係！就當作是無聊的滑稽劇吧！有時候刺激一下容易鬆懈的交感神經，不也是促進健康的好方法嗎？他從書桌旁的書架把一本題為「惡魔的一生」的筆記本抽出來，用力「砰」一聲丟在書桌上。他打算多少再寫一點。這時候，剛才撕破自己名片的憤怒突然又發作。他奮力用左手把那本筆記本按在書桌上，氣到咬牙切齒。他實在太激動，耳際立刻變得如火般泛紅，眼睛充血到令人眩目般溼潤。不過，他並未撕破筆記本。因為這種衝動的本質並不是想撕破它的單方面意志，而是本能地壓抑對自己工作反抗的衝動，也可以說是一種輕度歇斯底里的發作。為什麼我必須那麼辛苦去寫故事呢？他宛如一頭野獸般吶喊，然後絕望般鬆開雙手、垂頭喪氣癱坐在椅子上，他的嘴唇還留有牙齒的白色咬痕。他伸起左手輕輕地揉眼睛。

雨愈下愈大。好像也開始起風了。遠處傳來一頭老野獸的嚎啕聲。雖然還不到五點，天色已經很黑了。他扭開電燈的開關，黃色的燈光照射下，看起來整個房間突然變小了。他被牆壁崩落的錯覺給吸引，不知不覺間菸斗抽得太久了，以致菸斗內帶有苦味的尼古丁殘渣突然流進他的嘴巴。他急忙又打開窗子，把頭伸出窗外，不停把嘴裡苦澀的口水吐掉。他看到集水管流出來的雨水在路面的低窪處積得像個小池塘，小池塘上的白色泡沫開始不斷旋轉。他被這光景吸引住，一直站在那裡看到發呆。那裡好像隱藏著什麼非說不可的事物，到底是什麼呢？他總覺得只要明白這件事，筆記本的那個故事就寫得出來了。最後的一句話，只要能夠找到答案，一切就可以結束了。也許我就可以告別那個有如惡魔腫瘤般的自己了。縱使名片已丟棄，自己也能忍受右手已斷裂、終究也耐不住如惡魔腫包般的自己。也許離開人間也是不錯的方法吧！啊！只要有一個就好，我希望能有一個了解如何告別自己的方法⋯⋯。這時候，突然一陣風從公寓的轉角吹上來，雨滴打在他的臉上。大風吹動窗子，百葉窗差點被吹壞了。他急忙關上窗子，用手背拭去臉上的雨滴。他媽的！假如再讓自己想個十秒鐘，也許就可以想出來。他又坐回椅子，以誇張的動作看一下手表。五點十五分。他正在等待。六點一到，分居後不曾見過面的妻子應該就會來了。這件事不就是經常讓他心情起伏不定的原因嗎？他站起來離開椅子，仰躺在掛著褪色印花簾子的床上。他開始感到一種好似占據心中深深悲哀的不安。我們也一起來追溯他心中的念頭吧！

首先，他想起自己寫給妻子那一封信的同時，幾乎也產生一種、說是生理上也好的痛楚。那封信的內容完全跟我本身一樣充滿矛盾又矛盾。無法寫出真實的事情，並不是心理上的問題，而是因為我已經失去真實了吧！首先我寫到我很愛妻子。這件事完全是真實的。然而，我為什麼必須那樣寫呢？不必說辯解，連那種盤算竟然也假裝是我的優點而拿來炫耀。然後，我又炫耀自己要出書，其實根本沒必要寫這些事。假如坦白承認自己是想得到從事出版業的妻舅的協助就好了。而且我還寫得好像沒得到協助的話，就是自我犧牲。不僅如此，我故意藉著拜託出版這件事，希望能夠把妻子和孩子接回來團圓，寫的語氣好像我願意原諒他們。寫了有關原諒、孤獨的鍛鍊、同意矛盾等之後，我又寫些原本不該寫的感情問題。當然這也是事實。但是我為什麼非寫不可呢？此外，連有關兒子的教育問題，我還愚蠢地寫了不少。無論我多麼愛兒子，自己這樣寫，首先就會給兒子帶來絕望與虛無感，我相信教育應該築構在正確的盤算，因為現代並不是一個破壞的時代，而是從根本上來建設的時代，應該先給兒子一個最大且堅固的障礙，讓他足以忍受這個以懷疑為義務的神話化、惡魔化的枯燥時代……。也許這些都不是謊言。可是，在這種情況下實在也沒必要寫這些啊！妻子當然有可能把那封信原封不動退還給我，只是為了兒子的生活，才會來跟我商量出版的事吧！至此我已經無法了解我自己了。

這時候，簾子微微晃動，惡魔以銳利的眼神探頭來看。惡魔露出苦笑敏捷地坐在床邊，對他說道：

——可惡！我根本就睡不著。你是一個奇怪的傢伙，拜託不要把我弄得心神不寧。人類真是太尊重化石了。我並沒辦法像你們那麼尊重化石。也許因為我本身都已經成為化石了。可是，真正不變的是……雖然是比方來說……與其說是化石，不如說是已消失的肉體部分。我應該明白這個道理。我無法理解你為什麼這麼煩惱。你看！萬事不都如你的計畫在進行嗎？

——那你是認為我預期會有這種結果，所以才會寫那封信給她嗎？

——當然是這樣。我敢說你早就預期會有這麼無聊的不安感嗎？你是為了得到不安感才有意識地做出這件事。因為我一開始就和你約定不干涉你個人的感情，所以我不責怪你，但是你真令人失望。我沒想到你竟然這麼懶散。說不定你單純就只是一個懶惰的人。最近我很擔心你。想法與實踐不一致，就是懶人常有的毛病。真是令人難以接受啊。

——是的。也許我單純就只是一個懶人。

——提到你和妻子分開的事情，說起來也可能是懶人的自我辯解吧！

——隨便你愛怎麼說都好，我沒有意見。我為你著迷。你很美，很高貴。反正我不會從你身邊逃跑。

——我知道，那麼你為什麼煩惱呢？不久你就可以改變身分，不是嗎？我把所有素材都給你了。你還有什麼不滿意嗎？如果在你的念頭裡，假如我和上帝結合在一起……。不，還是說你仍不明白我所說的事呢？我希望能夠讀一讀你寫的故事，就算只有今天要交給你妻子的那部分也可以。我總覺得不安。

——只寫了第一章而已。其他部分都還沒寫。

——沒關係，只要讓我看一下就好。

惡魔一說完話，逕自站起來走到書桌旁，他慢慢起身跟在惡魔後頭。外面的風變小了，雨好像滲透到他的心中般，還是下個不停。惡魔翹起堅硬的雙腳，用指甲抓抓肩膀上的毛，豎起耳朵準備聽故事。他把剛才丟在書桌上、用力咬的那本筆記，以像似沉重的手翻開，急忙地開始低聲朗讀起來了。

2

〈惡魔的聲音〉……人類啊！我所愛的人類啊！聆聽我的話吧！我是人類之王，人類的命運。我的一萬年命運即將結束了。今年是惡魔曆九千九百四十八年。只剩五十二年，我就要滅亡了。所有的上帝也將滅亡，人類也會滅亡了。聆聽吧！我要告知你們，在如父的上帝、如母的我、如同胞的諸神當中，滅亡就是嶄新轉身之日。那麼，首先來敘述一下有關我的成長經歷吧！

〈惡魔的成長經歷〉……那還是在諸神的時代，我是上帝的右手。啊！多麼值得誇耀的偉大時代。諸神為讚美我和上帝的創造活動而歌頌。諸神既不解喜悅，也不解悲哀。所有一切既是部分，同時也是全體的諸神時代。……那時候，我是依上帝的意志所創造之物，我被命名為右手，左手則是協助、幫助我的工作。我的驕傲就是上帝的驕傲，上帝的驕傲就是我的驕傲。當然，那時候的我稱之為我，只不過是一個錯覺而已。我只不過是作為上帝必要的一個器官存在而已。換言之，單純就只是官能的累積，與其說是以「我」來指「自己自身」，不如說我只是以一個器官來聯繫全體，總之意謂「上帝」的部分比較多。不僅是我，諸神都是如此吧！原來手並不具備個體的界線。對「手」而言，如你們所認識，並無個體和全體、單一和多數、主體和客體等之類的區別。我在那神話般的世界裡，作為充滿羞恥的突出物而占據一片空間。言語的腫瘤、生殖器……，然而離開上帝的意識時，我果真就成為「無」嗎？是不是就「非存在」了嗎？人類啊！想一想你們自己的手吧！你到底相信你們的手對自己有多忠誠呢？啊！我悲傷地想起，在諸神自誇的幻想裡，我卻背叛了。親愛的人類啊！聆聽吧！從今而後，我如何成為我自己呢？我來敘述惡魔是如何誕生的吧！

有一天，上帝告訴我，祂將創造一個如祂自己的創造物。我如此回答：不是已有諸神了嗎？上帝又說：不！諸神只能讚美和歌頌，卻不會創作。祂想要創造出如祂自己般的創造物，或者說創造出能夠創造的創造物。因此，我就依照上帝所說而工作。創造出來的就是你們人類的祖先。上帝說道，這正是一切存在之王者。那是值得敬愛、美好又有力……。人類啊！聆聽吧！你們的祖先就是如此般美好又值得驕傲。在諸神當中，也是優秀的歌手。因為那是有創造力的。但是我不喜歡人類。因為你們的祖先未免太過於傲慢了。我報告上帝，亞當將忘記您的存在。上帝問我，亞當是誰？我告訴祂，就是您創造那個具有創造力的創造物。雖然沒獲得您的允許，為避免您的手遭受危險，所以才為他命名。上帝默默地將視線轉到別處。這是我的第一個失敗。不過，我無法理解上帝為什麼要讓創造者具有創造力。我清楚地知道不久人類將成為造反者，同時也為此事感到不安。我向上帝建議，上帝啊！您不是應該讓人類對您有所畏懼才對嗎？若不如此，亞當恐怕會將宇宙分割為兩半。上帝依然不答應。這是我的第二個失敗。因為我未獲上帝的允許，讓亞當知道物質的重量、水是冰冷、火是熾熱。我不具創造力，可是破壞既有之物，再給予組成的能力，我是無可匹敵的王者。不久之後，我盡情使用這種能力。那是我接下來所造成的第三個失敗。我為取悅上帝，給予人類愛和生命，所以我完成了夏娃。有一次，上帝對我說，祂想讓那個我命名的亞當給予創造生命的能力。我得意洋洋向祂報告，我已經完成夏娃了。上帝悲哀地說了如此一句話：「那不是創造的能力。」然後，又把視線轉到別處。從此之後，上帝沉默不說話，也變得不太使用我。我感到很無聊，終於產生最後一個失敗。總之，我摘了智慧之果的一根樹枝，將它變成一條蛇的無聊惡作劇。我不知道做這件事有何意義，但是，上帝知道這件事之後，強硬地命令我：你該走了，跟人類一起走入人間，成為和人類共同的命運。之後上帝又對左手下令，殘酷地從祂肩膀斬斷我。人類啊！我就是這樣而誕生。從那一天起，我就成為惡魔了。而且走入人間，和人類一起墮落。從那之後，失去右手的上帝就無法再創造出任何新事物，只能以左手支撐而已，如你們所知的那樣。啊！人類啊！如此一來，我們悲慘的命運史就開始啟動了。

聆聽吧！人類啊！我一開始是嫉妒被上帝創造的你們。我不明白上帝創造出你們這些具有創造力的人類的理由為何，但是，在我遭上帝捨棄，成為惡魔時，我才知道我應該愛的是什麼。我應該愛的就是你們。因為你們的存在，我才看到我自己的存在。所謂創造就是創造我自己。啊！我所愛的人類啊！從此以後，我竭盡全力從自己所造成的罪惡中拯救你們。我給予你們各種事物，不過你們並不了解我的用意。當我看到你們當中也經常反覆做出如同我對上帝所做出的背叛時，或發現你們也經常反覆覆如同在我離開後才知道我對那忠實情人、也就是左手的不諒解的悲哀時，我深深感到自己的不幸。我害怕自己傾全力教導你們職業、科學、詩作、社會、國家，乃至個人的一切，只是讓你們的矛盾愈來愈擴大。如今，離開上帝的靈魂可享受一萬年生命的大限，早已漸漸接近了。我將無法看到人類的創造者和人類手牽手前就要滅亡了嗎？我所愛的人類啊！當你們和上帝手牽手時，我也將被上帝原諒而再度成為上帝的手，你們也會再度被稱讚為諸神之王。聆聽吧！從現在起將是我首次也是最後一次要告訴你們。幸好有一個如同上帝般失去右手的你們的同胞，他能夠理解我的想法。那位詩人將要代我向你們說明。我非得以你們的言語告訴你們不可。數千年來，我經常努力讓很多神似上帝般的聖者聆聽我的想法，不過，他們好像不具有以手來創造的想像力，而且經常把我當成是一個骯髒的誘惑者而拒絕我，但是，我仍然沒失去希望。我就是我，手就是手。人類啊！讓你們自己值得雙手去信賴吧！而且讓你們的雙手值得信賴吧！

〈惡魔即為人類的命運〉……所謂人類的命運是什麼呢？聆聽吧！那是存在於非存在之處，如同存在般存在。火是燃燒之物，也是被燃燒之物，而且是燃燒物質之物，也是被物質燃燒之物。所有一切事物都是已被理解，也都是可以理解。如此不安和喜悅要告訴你。那就是我。

我所愛的人類啊！不要忘記啊！你們就如同擁有自己的手一樣，擁有自己的命運。命運就是命運。其他之物不具有命運。首先，你們應該做的並非詢問命運是什麼，而是應該明白所謂命運的意義是什麼，然後深愛自己的命運。愛你們自己的手，知道我是誰。不是對「愛」問為什麼，那不過是迷信於追根究柢概念的賤民的一種疾病而已。那不過是因為手的重量失去創造力的人的想法而已。那不過是無法詮釋我的暗號的弱者而已。就在這時候，你們對命運的愛應該得完全痊癒了。要注意！愛不是音樂的法喜，那是一種立刻能把法喜轉換成朦朧悲哀的力量。痊癒的意志力並不是放棄疾病，而是接受疾病而活著的不屈不撓精神。你們可以想像，那些不借助手的力量，卻凡事只用手的發明家，經常主張自己身心健全的醜陋模樣。對他們而言，行為就是命運因愛受胎的創造物，卻在後悔的哭泣中殺害嬰兒。假如對命運的愛只是偶然現象，那就很值得歌頌了！如同社會因為人和生產才賦予意義般，人類因為惡魔和創造才賦予意義，這種事實會令誰感到悲哀嗎？偶然因為不小心掉落激流，很快就被沖走，縱使只不過留下像野獸般利己主義的創造力，或甚至他們彼此都深信自己能夠擊敗對方，縱使勝利之光照耀在萬名賤民的頭上，人類啊！還是應該想起命運是值得去愛的。正因為被那永遠回歸的離心力強力吸住，你們的命運不就像偶然能保持朝氣蓬勃的光潔肌膚嗎？對於嘲笑，就以嘲笑來回應。對於憎恨，就以憎恨來回應。但是，對於沉默，就得以愛來回應。只有潔癖的人，才能夠明白如我這般高貴的命運。毫無由來的憎恨也罷！毫無由來的歌唱也罷！還有放棄或失去憧憬、承認自己是釣餌也都罷！所有一切現象，就是偉大的手的語言，也是永遠的創造的乾枯。

人類啊！詢問應該如何活下去之前，應該先想起無法衷心喜愛命運、無法連結上帝和我，這些由於你們一切行為所演變成的結果的言辭。你們應該詢問，為什麼我們會這樣呢？還有，存在就是存在之意義。你們應該為此流血。如此，你們才能明白，創造出形似創造者的你們的命運就是我。

人類啊！我所愛的人類啊！此時更應該聆聽！現在我想說出創造者的祕密。手的祕密。詮釋存在暗號的意義。我還想讓高貴的人們知道那一條抵達諸神的道路。在你們當中，上帝和惡魔手牽手到底是怎麼一回事呢？假如這樣做的話，會有什麼結果呢？高貴的人，請跟隨我。賤民，請跟隨上帝。現在我想要做的事，就是為高貴的人說出命運的意義。

〈創造者＝留在上帝身上的左手的故事〉……因此，首先我不能不寫到那隻左手。不能不寫到出現在很多英雄、人神、天才身上的左手所說的話。某日、某處，我曾遇見自己所敬愛的上帝的左手。那時候，左手默默地把我……

當我朗讀到這裡時，惡魔要我停下來，以他的大耳朵專注地聽著外頭的聲音。

——你聽，好像來了。我聽到腳步聲。你寫的故事好像還很長。但是，算了。大致上寫得相當不錯。雖然我還有些想修改的地方。……沒辦法。無論如何，我希望你順利完成。我相信你能寫得很好。

實際上，我聽到爬樓梯的輕輕腳步聲，已經愈來愈接近了。惡魔好像受到驚嚇般豎起手指頭，露出寶石般閃亮的牙齒笑一笑，匆匆轉個身；他的眼神失去光彩，就這樣消失在牆壁上那條閃閃發光的裂縫中了。

3

他闔上筆記本，臉上滿是隱藏不住的懊惱，默默地轉身走向門口。他發現原本聽得清清楚楚的腳步聲不知何時已經消失了。因為那是具有決定性的期待，他卻感受到好像跌倒後只能情緒性往前跳出去的不愉快。原來只是錯覺嗎？也許是雨滴的聲音吧！他感到一種無法壓抑的焦慮，忍不住站起來想走到窗邊。一瞬間，門外又傳來好像踩壞什麼東西的聲音。他嚇一跳回頭看，那聲音又消失了，不禁豎起耳朵用心聽，才知道是雨敲打窗戶所引起的錯覺。他無法忍受這種狀況，忍不住憤怒地撕碎筆記本的空白處後，一邊拿來清理菸斗，一邊仔細思考，因為惡魔的緣故，不僅要失去自己甚至是別人的界線，自己內心的不安。至今他曾很多次懷疑惡魔的真實存在。他也曾經認為單純只是自己的幻想而已。然而，每當和惡魔面對面時，就認為自己實在沒理由去懷疑他的存在。當然啦，當惡魔消失時，否定惡魔存在的理由就會一個接一個湧現在他的心中。例如，有關惡魔的一切在他心中如同回憶般激起回響（惡魔把這種感受歸因於自己的非創造性），正因為沒說出口，惡魔卻能看透他的心思而有所行動（惡魔把這種行動歸因於自己的推理能力），這就好像互相躲避的情人般的感情互動，從剛開始的威嚇態度轉變成最近的消極而被動的態度（對於完全被惡魔迷倒的他而言，比什麼都苦痛。惡魔卻說這是因為他向上提升了），如此來思考惡魔的性質，不就成為那只是他自己心中所產生的證據嗎？然而不管他如何臆測，滲入他心中的思慕卻是無法改變的。他對惡魔之美已經著迷到失去理性。肩膀上好似纓穗的體毛、彎曲而富彈力的細腰、好似黑鋼鐵的蹄子，尤其是充滿奇妙暗號的命運。在他的心目中、在全人類中，惡魔和上帝的左手、上帝和宇宙和諧結合的剎那，在諸神中消滅自己轉身和創造合而為一的剎那，他覺得幸福到會發抖。然而，同時存在就是存在的所謂實存，就好像隨著不祥預感的風飄揚的小旗子般搖動。創造和手分裂的所謂該受詛咒的狀況，正因為受到詛咒，成為自己確實存在的證明。如果沒有對自己反抗的自己，不僅自己的所有，甚至連自己的存在肯定也會失去了。他無意間看到正努力把紙捻進菸斗的自己的那隻手。那隻手確實支撐著菸斗。可是仔細再看，手所支撐的不只是菸斗，而是很大的陰影，以及無際的空間和悠久的歷史。手指上有如昆蟲的觸角般發抖。乍看之下，這好像依從他的意志而動，注意看的話，只有那隻手好像隱藏在某個其他的空間。從手的姿勢看來，假如置之不理的話，不注意時，不知將會做出什麼壞事。特殊情況下，好像還會隨意亂跑。因為他無法詮釋不明來歷的手的姿勢，忽然懷疑起手的誠信問題。人不可能一年到頭經常去關注手的意志。假如這樣的話，在自己不知不覺中，也許手會策畫些什麼、想做些什麼。手的私生活完全隱藏起來。盯著手一直看，他覺得這顯然就是偽善者。實際上，那所有的行為都是向老好人的主人所做的諂媚。他不禁開始發抖，手也嚇到很誇張地痙攣。那隻手才發覺自己好像被什麼東西支撐著，進而想要確認是否為事實，懶洋洋地搖動兩、三下。他覺得這就好像發現主人也是個人的奴隸，對主人感到的侮蔑般受到侮辱而感到悲哀。這個悲哀就好像地球只掉落到自己身上，或彷彿在只有石頭和黏土的廢墟中的麵包之神所感受到的那種哀愁。此刻，他彷彿聽到從牆壁那條裂縫傳來低低的偷笑聲。他嚇了一跳，臉立刻變紅，就像那想不開、跑了很久的孩子般喘得上氣不接下氣，好像為把這行為結果當成原因而努力，他突然好像畏懼到緊縮肩膀，想把手隱藏在兩膝之間。因為他覺得好像看到自己失去的那隻右手。

那時候，他聽到極為清楚、毫無疑問的剛才那種奇怪的水滴聲。接下來他聽到有人在吸鼻涕。這個現實性的襲擊實在來得太突然，以致感到全身血管緊縮而站起來。他一站起來，捻進菸斗的紙中途就斷掉了。他生氣地把菸斗用力扔到地板上，悄悄地走近門口。他瞥了一眼時鐘，覺得妻子應該快來了，不過感覺卻很微妙。妻子理應不會偷偷地來。在這推斷之中，他不由得想起妻子愉快的身影，卻也不能不察覺到暗自隱藏的焦慮和憤慨。他想起惡魔的嘲笑，也勉強嘲笑他自己。什麼？難道這憤慨只因為菸斗，只因為把紙捻斷嗎？當然啦！想在背後偷窺惡魔，當然是非常僭越的行為，……他把手放在門的把手上，為避免意外（雖然不知道會有什麼意外），將身體微微後仰，以嚴厲的語調問道：

——誰？您是誰？……

不過，沒有任何回應，取而代之卻聽到好像小狗汗流浹背的喘氣聲。他完全失去判斷力而心亂如麻。天啊！這可能是……。不，怎可能會發生呢？他想起那根不通的菸斗和惡魔的嘲笑，突然有種情緒要暴發的衝動而感到心情消沉。這種無法預測、莫名其妙感到跳躍的無我衝動，如同想要撕毀筆記本時，那種說不出來的顫慄和撕碎名片時感到顫慄般的喜悅——雖然他深刻意識到自身都難以抵擋的悔悟……。

——誰？你到底是誰？

喊叫的同時，急忙躲開兩、三步後，使盡全力打開門一看，頓時目瞪口呆，連表情都茫然，只能以模糊的視線凝視走廊。當然啦！他看到的是整個頭包在綠色雨衣裡，腳下一雙滲入雨水的破舊雨鞋，整張臉有些扭曲、滿是皺紋，看起來一副窮酸相，今年十二歲的大兒子達夫，站在昏暗的燈火下。

他洩氣而不帶任何意義地搖搖頭，以不明確的語調輕聲說話。但是這都只是一種壓抑而已。因為他非常清楚實際報復的可怕。

——哎呀！達夫，怎麼了？不要嚇我。

達夫那張包在雨衣中的臉，看起來變小了，又有些扭曲。看到這種樣子，他更加困惑而感到一股悲哀。突然感受到身為人父常有的利己主義，頓時慌張地抓住兒子的肩膀，把還沒脫掉鞋子的兒子拖進屋內。

——哎呀！怎麼這樣？全身都濕透透了。啊！因為下雨天，沒辦法。趕快進來！怎麼一回事？媽媽呢！咦？快進來，我來關門……。

他不停地說些毫無意義、只為耗掉一些時間的言詞。達夫依然氣喘吁吁、默不吭聲好像在等待某件事情發生。這讓他感到不愉快。這麼一來，感覺他自己好像是什麼歹徒之類。他的視線隨意繞一下，忽然停在剛才發怒扔掉的菸斗上。他有種被愚弄的感覺，無精打采地撿起菸斗，想了一會兒，背對著兒子坐在椅子上，對他不理不睬。雖然沒有特定對象，卻有無論如何都要報復一下的心態，所以不懷好意故意裝出對兒子漠不關心的態度。其實，他也非常明白這種行為只是更愚弄自己。可是，無論如何也無法避免屹立在他前面那道牆帶給他的壓力。談不上是好行為，還是壞行為，只有一種無意義的行為。他不愉快地不吭聲，假裝專心在清菸斗。他打算清好了之後，才要跟兒子說話。不久，他就受不了自己的態度。不。應該說是感到害怕。因為這種消磨時間的方法很愚蠢，卻很充實，他感到自己終於了解人類為什麼要發明時鐘。他用力到整張臉通紅地把氣吹進菸斗內，然後故意把頭撇到別處，開始對兒子搭腔。

——咦？怎麼了？你為什麼不吭聲？真奇怪。

達夫果然也受不了這種沉默，聽了這話後，開始像個怯生生的傻子般，扭扭捏捏地摸一摸口袋。

——什麼？信？

達夫沒回答，卻發出吞下一大口唾液的聲音。聽到這種好像沒水仍繼續作業的唧筒般發出的聲音，他厭惡到產生激烈的顫慄，慌張地朝向書桌，好似被追趕到差點從心底叫出聲來，那一瞬間產生彷彿被雷電擊到的幻覺，不由得就閉上眼睛。

那是強烈陽光發出閃閃光輝的廣場。像似小時候的久遠模糊印象。廣場的周邊好似房子密集，雖然感到有無數的群眾，卻看不到任何一個活人。廣場中央唯一的一個人，蹲坐在地、以大肩膀背負著他人的一切罪孽。他凝視著那肩膀好似宿命般舉著利刃的自己的手。此刻他感到一種無法表達的幸福，以致牙齒咯吱作響……。他從幻覺中醒了，可是強烈的光線還留在他身體的某處搖晃。他一動也不動地感受光輝，然後漸漸領悟那光線在現實中所具有的意義，他好像被推開般踉蹌地睜開眼睛。那到底是什麼呢？為什麼那麼精采呢？肩膀具有什麼意義呢？這不會是無聊的小孩病吧！精采的並不是虐殺基督一事。在那之前，我是一個偉大的罪人。現在他好像已經領悟到達夫的苦惱。此時，他不愉快地想回頭看那個讓他成為罪人的達夫時，達夫邊發抖邊以如同朗讀教科書般的語調，說道：

——爸爸，我……我代替……媽媽……因為媽媽有事……我替她來。替媽媽……來拿……原稿……惡魔的原稿……媽媽要我說……我們都很好……。

話一說完，達夫忽然抽抽嗒嗒地哭了。他不可解的焦慮達到極點。他不知不覺邊吼邊回頭看達夫。

——不是我！做錯事的人不是我！

說出這樣的話，人家不會懂他的意思，何況是達夫。但是他說完後，感覺心情多少平靜些了。然而，不禁又湧上一種說不出來的倦怠感和悲哀。達夫嚇到停止哭泣，把不像孩子該有的瘦巴巴又蒼白的雙手交錯擺在雨衣的開襟處。他直盯著開始發抖的達夫好像在祈禱的姿態，他忽然覺得也許只有這一瞬間的達夫能夠真正了解自己的奇怪想法，就像一把兩刃刀殘酷地在內臟中游移。他感到構成自己的未分化感受性，漸漸被切割為兩個無意義的有機物。他實在受不了，以致只為恢復自己對自己的日常關係，毫無由來地說出這樣的事。

——達夫，地板都濕了。脫掉雨衣。

達夫一聽，立刻跳起來。用力扯開雨衣，兩、三顆釦子跟著被扯下來。他莫可奈何又沮喪地搔頭。

——媽媽每天都在家嗎？

看來如今和解是最容易做的事了。至少他不需要再受到更多的屈辱吧！問這種小事才是身為人父的權利。達夫果然不回答。

——媽媽都去哪裡呢？去上班嗎？

達夫還是默不吭聲，好像是被老師責備的學生般頭愈來愈低，抓著褲腳一直捻又不安地開始吸回鼻涕。或許達夫的母親不准說出有關她的事情吧！看著達夫瘦弱的肩膀直發抖，他完全沒轍了。滿腦子充滿不潔淨的念頭。他匆匆抓起筆記本，在封面寫上〈惡魔＝我的命運〉的標題，用舊報紙胡亂包起來。

——好吧！這就是原稿。小心不要讓雨淋濕了。

當他看到達夫慌張地從雨衣的袖口伸出要接筆記本的瘦弱蒼白的手，還有達夫碰觸自己的手時，不知所措的急促呼吸，他忽然想起惡魔的話。手就是光，創造就是黑夜。在兩者未結合前，黑夜不會愛上「光之愛」。人類也不會因手而愛上手。……突然他又感到撕碎名片時那種病態的焦慮感。那就像暗中在燃燒鋼鐵般的麻醉感，漸漸讓五感都崩壞了。他專注於對汲汲營營分辨虛偽的人類的憎惡，也有憎惡潛藏在達夫頑固眼睛背後的那一群〈手〉。結果他幾乎是自暴自棄地確信，值得去愛的只是惡魔得意洋洋的命運而已。雖然自知非常愚蠢，對於擔負自認足以改變世界意義重責而顫慄的達夫，他竟以一種連自己都不敢相信的冷淡、平靜語氣，咬牙切齒地一句一句清楚宣告。

——好吧！任務已經達成，就快回去吧！怎麼期待都沒用。因為我什麼都不會給你。就算你要求「給我」，也是沒用的……。

但是，被這種話嚇到的人不如說就是他自己。達夫彷彿早就預料到會有這種話，只縮一下脖子而已。達夫什麼話都沒說，只以受到威脅的眼光看著他，笨拙地往後退打開門，跑向黑暗中的走廊。

他一邊發呆地看著一陣風靜靜地關上洞開的門，彷彿把這事當成非解開不可的謎題，直盯著看，一邊又很滿足於自己的這種行為，想要歪歪嘴唇露出嘲笑。可是這些都只是在他心中的想法而已。當這個被惡魔信任的善良思想家察覺事實後，再也無法思索下去，突然想去追兒子，就這樣衝向黑暗中。他的整個腦海裡，只有惡魔的那幾句話，毫無條理地浮現出來。「不要把絕望和小孩病混在一起」……「某些種子只能在沙中成長」……「真正堅強的靈魂絕不以嘲笑為武器」……。

他穿過一條溼答答的小路，跑在沿著水圳的電車道旁，過了一座橋，在下一條電車道旁，終於看到兒子那一身寒酸雨衣和雨鞋。那一瞬間，他感到一種非常幸福的信賴感，發現解決一切的關鍵——雖然沒有該解決的一切問題——之前的喜悅，他毫不在意路人詫異的眼神，大聲高喊兒子。

——達夫！等一下，達夫！

達夫停下來回頭看。他在心中叫喊，人類還是能夠陶醉於自己的美好行為。不過，沒想到的是達夫回頭一看的瞬間，竟然放聲喊出連自己都驚叫的聲音，因為雨鞋很重，他差點跌倒地衝過去。也許追上去就追得到吧！他卻呆呆地站在那裡，突然從他背後傳來很奇怪的笑聲。他嚇一跳，回頭看到一個年約二十二、三歲，有點醜的年輕人，沒穿雨衣、站在雨中淋得溼答答，叼了根已熄火的香菸，神情愉快地笑著。這個年輕人大概看到一切了吧！轉頭過去，剛好和他四目相接，年輕人急忙把視線轉到別處，吐掉香菸，手插口袋，吹著口哨，快速走到對面的人行道，揚長而去。他慢慢走回來時，腦海中一片茫然，卻沒忘記在回家的路上買菸斗。

4

那一晚，回到家立刻窩在床上。惡魔坐在一旁。他們一直談到深夜。不過都是惡魔在說話。他仰躺在床上，邊抽新菸斗邊聽。雨勢在不知不覺中已變小了，只聽到雨滴不斷落下的吵雜聲。在雨滴落下的縫隙間，聽到惡魔邊拉著窗簾邊說話的嘶啞聲，總覺得連在遠處的故鄉也聽得到。對他而言，惡魔的聲音是如此哀傷又強大。

——你竟然在那種情況下、那種地方思考愛……當然啦！一開始就約定好我不干涉你的私生活。我曾經也想經由那種情況去了解人類。所謂魔法這玩意，乍看之下，很類似創造。但是，如今已經成為無用之物的代名詞。人類也開始改變了。連我的想法也改變了。最後，我給予人類所謂辯證法的魔法之燈，人類還是不懂我的意圖的同時，只想改變自己的身分卻反而墮落了。我所期待的是，假如借用人類的說法，我之所以誘惑人類，並不是我希望人類跟我一樣的存在。因此我完全改變戰法，清楚吧！

——我當然很清楚。他邊抽著菸斗邊回答。他打算繼續說下去，以撐著頭的左手把菸斗從嘴裡拿下來時，惡魔已經先開口說話了。

——可是，像你這樣想在感情上了解我的存在，實在令人有些擔心。今天交出去的筆記只是序論，所以我沒那麼擔心，嗯，你念給我聽的部分確實相當不錯。不過，今後該如何進行才是問題啊！你處在這種易動情的狀態下，果真能夠巧妙地把創造和手結合在一起嗎？……

——你單純認為那只是情緒或感情的問題……

——當然是這樣。我完全了解。我比你還了解你自己，你的智慧與言語全屬於我。我做不出來的只有創造這件事，而且只有我可以說明這件事。我非常清楚你所處的危險，但是我不想去觸及這些事。我能夠給予你一切的理性，也能夠把你變為惡魔……。

他稍稍起身，以好似哀求的語調叫道：

——那麼，請把我變成惡魔！我已經厭倦這種吊在半空中的人生了。我不過是一個病人而已，不是嗎？不，我想說的不是我罹患疾病，而是我本身就是疾病。如果你是上帝之手，我就是分裂上帝和手的疾病，是上帝之手的腫瘤。假如可以成為惡魔的話，不知有多麼開心……。

惡魔很快地阻止我繼續說下去。

——你就是這樣。你就只會情緒地看待我。不是說過很多次了嗎？你要了解所有語言都有存在的意義，所有存在皆存在，所有意義皆有意義地實存，這對人類的存在證明是多麼重要啊！……我的存在，對我而言也不存在。我無所謂矛盾，無所謂對存在的抵抗。依據你的說法，最愛人類的就是蛔蟲或條蟲等之類的寄生蟲，對不對？這些傢伙會拚命愛人類，想要合理地、合法地改善人類。這樣想法只瀕於老死的實存論、懶人的倫理。我從來就不希望你有這種想法，對不對？我費盡心思勉強把現代人類逼近黑夜，從來不曾想過人類竟然這般懶惰又膽小。人類把創造和手當成顏料般在自己心中混合，因此，懶人的世界總是覆蓋著灰色。可是沒想到連你也這樣……。你當然認識彩色世界。正因為如此，我才敢依賴你。讓存在成為存在的意義，才能夠把人類視為創造者。你為什麼不去了解自己想要成為惡魔的意義呢？

——完全正確。

他更替菸斗內的菸草，心情愉快地如此答道。

——完全如你所說。我相信我也知道你選擇我的理由，至少我不想躲進究極概念或不足取的心念時而哭時而笑……。我能夠理解沒有悲劇的哀傷。我的本質是一個開朗的人，卻也相信在悲哀中，還有想活在悲哀中的態度並無損於健康。像我這般不感傷的人，實在很少見吧！要說我完全不懂感傷也可以。但是，這並不代表我是沒感情。毋寧說因為我有點神經過敏，以致我的胃具有強大的生命力。當食物快要沒有時，它就開始消化它自己。然而，強烈的感情還真的令人感到非常羞恥。所以除了自己的健康問題外，我絕不談論。你誤解我了。

——不，我絕沒有誤解你。我非常了解你。我明白你的話、背後的意思。我的靈魂比你想像的更高貴。其實，這靈魂是你給我的。你應該把靈魂給你自己，也就是說，你應該繼續寫下去。

惡魔露出潔白的牙齒而笑。他的腦海中突然閃出妻子哀怨的神情和達夫可憐的眼神，不過一閃即忘，也把剛才的苦惱忘得一乾二淨。儘管他意識到自己完全被惡魔所吸引，也完全被惡魔所控制，還是覺得很幸福。

——我知道。今天我有點不正常了，那是因為下雨的緣故。氣壓愈低，我的神經就愈過敏。你說過你能夠說明什麼是創造，對不對？為了寫這個故事，我必須知道這件事。可不可以講給我聽呢？

惡魔輕輕地點頭，同時以美麗黑毛覆蓋的手指頭敲打床緣，以更低的聲音說道：

——創造，是重大的問題。當然可以。……我剛好也想要說明這件事。雖然創造和手的連接是很重要，卻必須要有所區別。不然，又會被那灰色覆蓋。其實自我出生以來，真正的創造當然是失去一隻手。據人類說：「上帝已經死了」，你當然明白這話的意思吧！因此，問題在於失去手的上帝，或說創造力本身，應該如何投進永遠反覆的所有存在當中呢？還有，真的能夠投進去嗎？為了解決這個問題，首先應該想起時間這個概念。因為再過不久，「未來」就會成為我們熟悉的現在或過去，在時間裡的一切事物，都是永遠在反覆。那就是手的世界。那麼，所謂創造……當然不在此處。手沒有創造的意志，無法實踐創造，無法碰觸創造。但是，在某個瞬間，創造在時間中偶然可以碰觸得到。能夠成為永遠反覆的存在。這時候，創造就是行為。尚未熟悉的、新名字，將會令人心顫慄。群眾會接受那名字。將那名字刻在貨幣，人類稱其結果為藝術，而且想把它留在時間裡。但是真正的創造並不是藝術，藝術只是附加物。創造能夠創作出藝術。但是藝術完全不是創造，而是改造，只要有手就能夠做得出來。從人類不得不宣稱上帝已死來思考的話，創造本身就非存在。人類無法策畫創造，卻可以想像創造。只能透過自己心中的上帝與惡魔的結合……儘管那個上帝是一個已經死去的上帝……。

他很快站起來，打斷惡魔的發言。

——我知道。沒錯。所以我們對創造物感到驚訝。雖然人類的心中從來就不存在，只是在某個瞬間，突然變成永遠反覆的存在而出現。那是我第一次所體驗的現象……，好吧！今晚就寫這些吧！

惡魔優雅地起身，露出銳利的牙齒而笑。雨又開始下得很大。他因為對惡魔的信賴和不矯飾的喜悅而揚聲大笑了。

（一九四八年三月二十五日之後）

憎惡

……魔術正達到高潮。把跟小袋子一樣大小的石頭一顆接一顆放入小袋子內，又立即拿出來的魔術剛結束，觀眾並未露出困惑的表情，只是呆呆地看著。可能是變化多端的天氣吧！看起來各種顏色都比平常閃亮、豔麗。一個頭戴紅帽的團長級老人突然發出怪聲，把坐在他膝上的猴子放下，精采地在半空翻轉後成功著地，接著走到放置在廣場中央一個直徑約一尺、裝滿水的缽子。他張開雙臂，靜靜地睥睨觀眾，突然抱起缽子，挺直身子，好似使出全身力量般將缽子往半空拋出去。觀眾只是站立觀看，並沒有產生什麼共鳴。老人不知念著什麼奧妙的咒文，手指頭往半空一指。睜眼一看，有一隻老鷹飛在高空中，有一個很像剛才的缽子搖搖晃晃地飄著。不過，群眾一動也沒動。看來這可能是魔術團的壓箱寶。這一段魔術結束後，一個年輕男子身體約有十處插著好像五寸釘般長的針，露出極為痛苦的表情，捧著金屬盆子在觀眾間環繞。不過，沒有人把錢丟進盆子。接著又有一個男子口中插著一把約二尺長的短劍，翻著白眼、手捧盆子在觀眾之間環繞。觀眾卻連困惑的表情也沒有，還有人伸展一下身子就要離去。這時候，從觀眾群後方有一個男子放聲大笑。對魔術毫無反應的觀眾，不知為何突然騷動起來。有一個團員感受到笑聲中的侮蔑而激憤，大家也都跟著團員往那人身上打下去。群眾離去後，我發現那是一個穿著相當不錯的異國人。流浪漢群起搶奪他那沾滿血跡的衣服，他連呻吟一聲的反應都沒有。看起來他可能已經死了。是的。我也很希望像這樣把你殺死。

你曾經嘲笑我的觀念和來歷。當然沒關係，因為你才是一個該被嘲笑的人。雖然我很孤獨，可是你成不了孤獨卻被大夥排斥。你認為的同胞就是一群被排斥的人。被殺害的人到底是我？還是你？仔細思考一下吧！害怕被殺害的人終究會被殺害。你對於自由之人所擁有的憎惡好像還不知情啊！不過沒關係，總有一天我會告訴你。

每次看到你、或你們誇耀愛啦、行為啦、創造啦、絕望啦之類的動作時，生理上的厭惡讓我全身都會發抖。遑論社會啦、民眾啦……你這種人怎麼會有什麼行動呢？你是想說只要太陽的黑子增加一顆立刻就會被燒死的禁忌是隱藏在你的胃或心臟嗎？對我而言，連你有嘴唇這件事都比看到妖怪還令人生懼。你有的只是不健全的，不！不如說好像有健康問題般的負面視野而已。我憎惡你，並不是因為你有被憎惡的資格。我不過就是一個過剩的人而已。

確實如此，我成長的國度裡沒有別人。那裡沒有人，甚至連大自然都不存在。儘管如此，還是有那麼多的嘲笑和死亡啊！換言之，那裡充滿不得不讓你嫉妒或憎惡的一些已經解決或毋需解決的問題。你這個好像小手工藝品的人，憎惡我的想法也未免太幼稚了。雖然你憎惡我，卻又一直在模仿我，不是嗎？你連被稱為「如此存在」都不值得。抱持務必以全部來敘述全部想法的你，假如不在「存在」之後附加「如此」這個字眼，你就無法閉上嘴唇。你嘲笑自己吧！去死吧！

那麼，我再講一次，我憎惡你就如同你憎惡我一樣。關於這件事，不知什麼時候你曾經要求我證明自己沒有強詞奪理。你認為我爭的是正義嗎？這想法真是太可笑。那時你為什麼不笑呢？託你的福啊！我差點笑出來。你真是恬不知恥。雖然你憎惡我卻又一直在模仿我。我甚至認為連你對我的憎惡，都是在模仿我。我最擔心的是你會模仿我經常做的事，會不會說出你的出生故鄉呢？……啊！你肯定會這樣做。你是存在之前的東西。我羨慕你，你不過就是一個明知不存在的目的，依然像有一個目的般往目的前進的剛融合的多核原形質而已。這樣的你怎會想叫我跟你用同樣的名字呢？……實際上，這種狀況讓我忘記自己為何寫出這種事。也許我已經發瘋了。為何我那麼懷念那座被燒毀、滿是白色塵埃的城市呢？啊！嘲笑與死亡……以及憎惡。

但是，希望不要誤會！並不是只有那些。我的意思是毋需去說明其他事情。當然啦！縱使你理解我的意思或許也是毫無意義。肯定就是這樣。如果我解開你的誤會，你也不會忘記警告我還住在負面世界，而我和你多半永遠都無緣。你應該是住在你自己宣稱的天地，當然不錯。我則滿足於自己所住的負面世界。如果有必要，住在抽象空間也無所謂。原本我就很關注抽象空間。我想寫一篇關於抽象空間的小說。嘲笑吧！沒必要畏懼。依據你的說法，我的手不可能伸到你那邊。

對啦！放膽嘲笑我吧！我到底要寫什麼小說呢？……那是極具現實性的故事。雖然只是寫些關於剛剛提起那座城市的故事，……實際上，說起來就是寫些我的見聞、我的體驗。這麼說的話，也許你會露出微笑吧！不過，很不湊巧，我的體驗並不像你所期待的。假如你思索一下我出生的城市理應就明白，但是你不知道該這麼做，……講得更清楚些吧！在那個城市的戶政事務所，我找到你的戶籍。你不必露出驚訝的神情。我當然是打算藏起這祕密。不過，那些被如雪般落下的煤燼、染得一身黑，笑著而死去的人們和你有血緣關係，真是令人愉快的事實！那戶籍上如此記載：

X……一九◎◎年三月七日，死亡……。

我感到非常愉快地去看你死去的家。坦白說，我不知道你已經死亡。聽說你為貪生才從那城市逃跑，所以你才會被批評是城市中少見的案例。你應該明白了吧！我為什麼毫無來由要殺死你呢？因為你在戶籍上早就死亡了。

算了！還是來寫些有關我的小說吧！也就是要寫你死去的家中所發生的事。暫且等一下，你是一個假如不說明寫小說的理由和目的就是無法接受的人，對不對？那麼，我就先說明寫小說的理由和目的吧！我寫小說的目的跟其理由是一樣的，總之，就是憎惡你和你的伙伴。你想嘲笑的話，就像我已經講過很多次般，悉聽尊便！不過，請注意！你應該漸漸明白我對你的憎惡有多麼深。當然是這樣，所以我不得不殺害你。絕對要殺害你。我要推翻你的論理，證明我的手多麼順利就可以伸到你那裡。

是的。你的家仍然像以前那樣。因為大門口依然掛有X的名牌。那天是早春時分，黃沙遭陽光覆蓋如血般染紅大地。風很大，黃沙卻曬得滾熱。不過，太陽下的黑色油煙還在結凍。你家屋頂在紅色陽光的照射下，顏色顯得更深。屋頂上的瓦片原來就是紅色。我認為你大概已經忘掉所有的一切，才會做如此的說明。因為你，不，不只是你，連你的伙伴好像也已經忘記生前的一切事情，所以先說明一下才比較適當吧！另外，紅色屋頂的下方是塗上灰色水泥的牆。不必說也知道，那裡當然會有窗戶，不過所有窗戶都緊閉，裡頭還拉下百葉窗遮蓋。因為黃沙飛揚的日子，大家都會這樣緊閉窗戶。我在高牆前徘徊兩、三次，實在沒辦法，只好趁著沒人注意的時候爬牆翻入。庭院荒蕪，到處都看得見枯黃、無精打采的小草。可是不知道你為什麼要有那麼大的庭院呢？我看到兩、三棵枯乾的玫瑰花樹，那些是你栽種的嗎？不過，你已經失去記憶，現在我說這些也是莫可奈何。可是我認為你理應知道，生前的你在這裡無論栽種什麼花都沒辦法成長。雖然我一邊憎惡你對模仿的無限度喜愛，卻也憐憫你因這種小事為我所憎惡，一邊開始檢查房門。

那麼，我的小說就從這裡開始了。我當然打算無視於一切什麼什麼主義而去寫小說。首先我要在書本扉頁寫上給你的獻詞。所以我考慮為避開在本文中使用憎惡這個字眼，在這裡我要充分表現出自己對你讓我寫出這小說的憎惡。假如我想再次強調你的死，是否有什麼適當的字眼來表現呢？換言之，應該是「復活」的相反語。可是「再死」這種表達方式，未免太沒文學性了。使用你也聽得懂的字眼來表現具有文學意味的內涵，本質上是不可能吧！實際上，我考慮過了。然而令人憤怒的是，你們這夥人已經把這方面的語言都銷毀得精光了，不是嗎？不得已之下，我決定單純就寫「因對X君的憎惡而寫」。不過，我為了讓你正視我的故事，所以選擇以你詮釋的小說論為方法。雖然我根本就無所謂，不過這是為了讓你認可小說這件事的唯一方法。總之，就是要有地點、時間、人物等的實在性。我決定依照現實主義來寫戲曲般，抽離這些要素。於是，地點是抽象空間，時間在時鐘指針當中，人物則是究極概念……。無論如何你都無法拒絕現實主義吧！因為你常常把一切含括在文學教養中，想必你對數學的造詣也很高吧！你總不能說自己從出生到死亡只活在抽象空間吧！時間，就是你的伙伴發明的。人物，當然就是你的伙伴。

如何呢？到了這裡，你該想起來了吧！但是，對象不是別人，就是你。我也沒辦法這麼信任你。一旦開始寫了，也許就得全部寫完，才是最好的方法。雖然你是無法理解我的暗示。

可是，那扇門非常堅固。雖然我憎惡你，不過一直以來對你的評價好像就是過高了。我不認為你是個公理主義者。我仔細檢查那扇門時，領悟其本質就是公理主義的瞬間，發現那扇門忽然自動地打開了。啊！這就是命中注定。我立刻進入屋內，順手拿起你的遺物看一看。朋友寄來的信、日記本、藏書目錄、作品……然後，在書桌上看到一個很精巧的大箱子。我要打開箱子的瞬間，感到驚訝的是自己竟然被一群亡者所圍繞。

亡者的首領果然就是你。亡者異口同聲叫喊道：

「為何你有必要喚醒我們的回憶呢？」

我立刻察覺你們的一切祕密都隱藏在箱子內，所以我想立刻打開，可是我認為聽聽亡者的說法也很有趣，所以決定拿他們開玩笑。因此我佯裝什麼都不知情。

「你們到底是誰？」

亡者露出驚嚇的表情面面相覷，說道：

「什麼？你竟敢說不認識我們？」

他們並排在我面前，露出很大的臉。我靈光一閃就猜想是你策畫這一幕要讓我笑。實際上，假如我在這種狀況下笑了，那就是一個致命傷。因此，我問道：

「你們到底是否存在呢？」

他們又憤慨地面面相覷。這也無難怪啊！因為就是公理主義把你們關閉在你們的故鄉這一座白色的死亡城市。我又追問道：

「你們為何不出去呢？你們為何拉下百葉窗呢？」

我當然非常清楚他們為何要避開陽光。……此時，我看到一個臉比其他人還大的「活生生的現實先生」推開其他人走上前來，說道：

「不要囉嗦！給我安靜！難道你說這些話就能改變現實嗎？」

我不由自主地問道：

「咦？什麼現實？」

於是，「活生生的現實先生」志得意滿地環視所有亡者的臉不斷點頭。接著「世界觀先生」探出頭，說道：

「你不是小說家嗎？為什麼不去寫將要死去的人呢？給予他們世界觀，從死亡中把他們救出來，才是小說家該有的行動。」

「集團主義先生」大聲跟他唱和道：

「完全正確。你要這樣做，集團自愛才能夠成立。」

我都還來不及回答，「辯證法先生」以高音調叫喊道：

「不，沒那麼簡單……。」

突然，究極概念的亡者分成幾組竟激烈爭吵起來。接著，開始扭打起來。趁混亂中，我伸手拿起箱子趕緊打開。一看，裡面竟然只有一張泛黃的紙片而已。紙上如此寫道：

「你縱使說出來也沒用……。」

忽然間，亡者全都消失了。我察覺到隱藏在箱子的祕密是不能打開的。

你應該慢慢想起來了吧！那箱子上以鮮紅的印泥蓋上X作為封印。封印的日期就是你死亡的一九XX年三月七日。現在，我的小說即將要結束了。你怎麼會想不起來呢？你應該盡早跟你的伙伴裡那些究極概念先生好好商量。下次我見到你，必定會殺死你。我必定要把你關閉在你們依然珍愛的箱子裡，無論如何都要抹滅你，否則，我就無法從對那座死亡和嘲笑城市的戀慕所造成的錯亂中解脫。啊！我憎惡你，我憎惡你的欠缺。

（一九四八年三月前後）

※這篇小說原文前半六頁已經佚失

護身符

四·二十五

啊！星期日又到了。真是好快啊！先不管是否要寫這一週的筆記，至少我想描述一下自己不舒適的心情。這種限定性的未來好像很久沒來了，突然像是衝過來，我就被襲擊了，然後一瞬間又過去了。

至少，我從來都認為自己不是一個會被這種事困惑的人。我從來都相信，假如不是像那種因常常以說謊作為買賣，在不知不覺中連自己都相信那謊話是來自真實的小說家，像那些催眠術或詛咒之類的束縛就不會發生……我想該停止辯解。總之，我逃不出隔壁老人無聊話語的束縛，只能遵照他的指示，開始記錄這一週發生的事。我不想再去穿鑿附會。我發覺為脫逃這種微妙的心情，反而不如主動去寫筆記還比較好。為從暗示中逃離，就得不畏懼地把它轉化為自己的意志。安逸地去脫逃，反而會讓惡夢追蹤我吧！

其實，這一週就是以追蹤為主的一週。我被無法形容的恐怖感追趕得混亂不已。夜間幾乎無法成眠，白天疲憊不堪，胃痛，經常打嗝、喉嚨炙痛，唾液變酸、牙齒嘎嘎作響。偏頭痛的老毛病使得左眼深處閃爍而產生收縮。雖然沒有食慾，卻又一直想吃東西，以朋友的雜誌社付給我的插畫稿費買海參和濁酒。這麼一來變得更糟糕。那是昨天的事，原本就不好的身體，因為喝下濁酒、吃了海參後，更是雪上加霜。當然啦！想一想後，也許我那朋友K應該負最大的責任。啊！怎麼想都太不愉快了。十張一百日圓紙幣讓我飄飄然，以致我說溜嘴對那傢伙說了不該說的話。「到底對我們最重要的是〇〇［原稿破損］」。說到當時那傢伙大笑的樣子……哎呀！我好愚蠢。我剛剛去音樂茶房Tragic聽了「牧神午後」，我的心志完全動搖了。多麼完美的音樂啊！不是那種情況下是辦不到的。雖然我無法去談論音樂，不過就我的工作來看，可以說是一樣的事。塞尚、烏拉曼克、盧奧、畢卡索、達利這些人的作品，無論好壞，都是無與倫比、完美無缺。它們擁有協調、灰色的律動，完美無缺。但是對小說而言，除了《馬爾特手記》外，其他作品都是以偶然和虛假來亂真罷了。它們跟我的筆記差不多。雖然小說可以如此，繪畫就無法如此。繪畫不能不跟音樂一樣完美無缺。然而……我天生就不精準嗎？如同現在……我完全不知道這一週的筆記該從哪裡動手，如此一想，變得更焦慮了。縱使寫不出筆記，也無法拿起畫筆來作畫，因此我應該更沉著去構思。

哎呀！雖說要構思，卻不見得都是我造成的緣故。繪畫不同於日記。況且我也沒想到自己竟然懶散終日，抓不住重點。真是胡亂地過日子啊！身處其中時，我感到太多的崎嶇不平，驀然回首卻又覺得日子既平凡且無聊。

咚咚咚咚……可惡，又開始了。那是隔壁老人發出的噪音。我果真不能不先寫出那件事嗎？說到事件的發端，怎麼說好像也是起因於這種狀況。實際上，我是如何為噪音所困擾？……我實在受不了而請求管理員幫我換房間。但是，這房間的位置還是最適合作畫。看過管理員提供的房間，我感到自己有一種好像夾在陰暗房間和咚咚噪音之間，被搾乾血液的痛苦。咚咚咚咚……我忍不住把椅子翻倒而發出很大的響聲，把油壺用力往牆壁摔過去。有時候，老人可能外出，噪音就沒了，現在又傳來咚咚的聲音，我浮躁到差點坐不住椅子。我對於有如瓊斯皇帝的太鼓般，整天從早到晚不停地咚咚，令我憎惡到快發狂。而這種焦慮的心情似乎已成為我日常生活了。有一天，我一如平常般到音樂茶房Tragic聽了一小時的音樂，在回家途中喝了很多燒酒。突然，我發現正陷入瓶頸的自畫像背景有一道光，自己被這雙重的喜悅迷醉，飛快地趕回家。假如我不快點作畫，我怕天黑後自己想要的顏色就調不出來，但是我好不容易調出來的顏色，卻因為咚咚的響聲愈調愈混濁。我怒氣沖沖跑去找管理員。

「拜託不要這樣，好不好？我快要瘋掉了。」
「唉！我也不能怎樣啊！我只是把房間租給老人而已。」
「他是誰？做什麼的？」
「雕刻家。跟你同夥的吧！」
「什麼？」

我感覺自己有些站不住。匆匆跑進盥洗室洗了一把臉，喝了兩杯水，下定決心到隔壁去敲門。那是上星期天發生的事。咚咚聲停止了，不久傳來椅子嘎嘎作響聲，還有輕輕的說話聲。

「請進……」

哎呀！到底該如何形容那單調乏味的老人才好呢？老人的右手握著一把大鑿子，左手拿著一個怪異又難看的木雕，以兩手浮在半空中搖晃的姿勢，轉過上半身看著我。原來是這傢伙。為什麼我一直都沒注意到呢？我在餐館和大眾浴池曾經碰過他好幾次。身材瘦弱如木乃伊，誇張地擺動著大到很不協調的關節，好像跳著生硬舞姿般大搖大擺。

不過，可能跟周圍很協調的緣故吧！那時候，看起來他並不像外表那麼可憐或瘦弱。他的房間跟我的一樣，不！原本應該完全一模一樣，可是誰會想把房間弄成這樣呢？跟我的房間不一樣，他的房間非常整齊，卻有種說不出的骯髒。房內有很多大小木偶隨意擺放。雖然屋外陽光灑落綠葉而閃閃發亮，房間內卻猶如半夜般散發出一股妖氣。原來就是一個單調乏味的老人，卻因為他深邃的眼窩和好多的木偶，令我吃驚到忘了敲門的目的而在門口呆呆佇立。不過，我也不能就此返回自己的房間。雖然相當後悔，仍然趁著還沒從酒醉中醒來的狀態，乖乖聽老人的話，把鞋子脫掉進入房間。

「啊！你是哪位？」老人把正在雕刻的木偶放在書桌子上，改變半蹲半坐的姿勢，盤腿而坐。

我把坐墊稍稍往後拉，然後就坐上去。我沒什麼好客氣的，只感覺坐在老人身旁滿可怕。

「我住在隔壁。其實……因為……」看我這般難以啟齒的模樣，老人似乎才安下心來。

「原來如此，你是住隔壁的……真是罕見，不知有什麼事？」

「嗯，其實是」……支支吾吾後，我下決心坦白以告。「其實，那個咚咚咚咚的聲音，到底是……」

老人很快地伸出兩手，擺出好像要接住什麼東西的姿勢。

「啊！咚咚咚，我知道了，我知道了。」不知道老人怎麼解釋我的到來，卻以愉快的語調，跟其他老人一樣地說出漫長的故事。「原來如此，你是為這事而來。原來如此。啊！肯定會有這種事，我已經期待很久了。正確說來，不是期待，而是直覺。啊！住隔壁的鄰居啊！所謂老人的直覺就是……。」

接著他的談話內容，大致如此。

老人出生於富裕家庭，從父親那裡接收放縱與侮蔑，從母親那裡接收美貌與深思熟慮。隨著自己的成長，他的精神遭深重罪惡和苦惱所污染，成為虛無而不懂世故的人。到底為何而活？當他問自己的同時，當然已找到解答的線索，卻總是拒絕接受答案，陷入名為「誘惑」的縱情享樂中。他隨意勾搭女人，當女人愛上他的瞬間，他就棄之而去。只有在女人愛上自己的瞬間，他才能忘掉一切苦惱。不過，一旦被女人愛上，他就失去對她的興趣，趁著女人還驚訝不已，他一溜煙就趕快逃跑。然而，有一天出現一個對他的誘惑毫無回應的女子。他生平第一次感到如此震驚。愈是追著她團團轉，愈感到為她所牽絆。有時候，他實在受不了這個不可思議的女子，他很想乾脆跟她上床使她蒙羞。雖然幾乎沒人會相信，其實迄今他不曾有過和女人上床的經驗。因此，當他看到女子面無表情、冷漠點頭答應時，他恐懼到差點窒息，他卻無法吞回自己的話。好似被暗示般，那一晚他與她上床了。翌日早上，他的心情總算平靜下來，為了不再與她見面，跑到別的城市躲起來。實際上，他確實沒有和她再相見，聽說不久後她生下一個男孩子，就上吊自殺了。不過，他的生活並未因這件事而產生變化。他依然過著跟以前一樣的日子。雖然如此，女子的死亡似乎在他心中成為很關鍵的因素。他漸漸變得陰沉。從來他都認為自己可以隨心所欲地做想做的事，現在完全打破這種想法，他變得害怕那些看不見的事物。很久之後，他才察覺那名已逝的女子對他有多麼重要，是一個無可替代的人。換言之，他愛上了那女子。多麼悲哀啊！他為了找出她的兒子，回到原來的城市，可是找不到。他的生活變得更放縱，同時悔恨之心也愈來愈深。於是，誘惑者的魅力因悔恨的深重而抵消之日終於來到了。據他說，那時候他感覺自己好像才剛出生。他驚慌地首次回顧自己的生活，發現一直以來他就面無表情地背負著人類與宇宙，而那女子剛好就佇立在他的身旁，這讓他想起，原來幾十年來她一直都這樣陪伴著他。之後的敘述，我全部都是引用他的發言。

「我發現自己總覺得我就是自己本身，其實根本就是背叛我自己。悲哀、痛苦等感情只是些無意義的藉口，不過就像疼痛、發燒般的疾病而已。總之，所謂自己本身，並不像一般所想的孤獨。真正對自己忠實的人，無論如何得相信世上有一樣最重要的東西，但是仔細想一想，在世上到底有沒有最重要的東西呢？相信確實有的話，就成為很無聊的妄想。簡言之，假如不得不相信確實有最重要東西存在的情況下，就會被這片土地所束縛。從此以後很長的一段日子，不知道過了幾年，我一直在追究這個問題。結論就是，人們面對這種不安的理由，在於自己認為人類原本就應該這樣活下去的無聊念頭。因此，人們不得不依靠意志或感情這種傲慢的墮落而活下去，還是說人類不得不選擇這樣的生存方式呢？自此之後，我常常逼自己認為我本身是一個病人。方法之一，就是每週為自己寫一次筆記。對我這種人而言，是很必要的。這跟日記不一樣，因為這方法可以讓我好像暈眩般往後退一步，以客觀的觀點來看自己。透過這方法，我發現自己的病，在於我沒有可以去拿最重要的東西的手，自己欠缺去觀察這件事的眼睛。是的，這真是好方法。我很想勸苦惱的人一定要試一試這方法。例如，每星期天寫一寫自己的樣子也好啊！假如這樣做的話，會發現和我有類似缺陷的人出乎意料地多吧！例如我的兒子，假如我兒子還活著，又有機會遇到他，我打算也要他這樣做。雖然我兒子可能會從那女子身上遺傳到另一種性格，不過我相信，從我身上遺傳到的還是那種缺陷。說到這裡，我兒子從那女子身上遺傳到的應該是叫做『唐木』這個姓氏，而且……不，坦白說，我什麼都不知道。我希望兒子從母親那邊遺傳到不一樣的性格。不過，為了避免他萬一跟我一樣到了一隻腳都踏進墳墓時，才看到或碰觸到最重要東西的這種悲劇，你看！我這樣創作出一個接一個的神祕力量。我深信當中有一個，肯定會成為我兒子最重要的護身符。輕視護身符是一種錯誤的行為。如同輕視生殖器般可笑的錯誤。啊！算了，嘲笑或輕蔑都無所謂。我在一個古董店買的波里尼西亞人的護身符，已經成為我的生命了。其實，這完全是偶發事件。這種木偶不是可以常見到。所謂個人自覺，自出生後，每個人都有必要把它當成世上獨一無二的護身符，而且要隱藏起來不能被別人看到，因此我認為不是自己親自動手做出來的護身符，就會覺得不甘心。但是，我保守一切的祕密。我也敢斷言這裡的每一個木偶都是獨一無二的。因為我研究護身符幾乎快十年了。當然啦！除了我兒子外，如果有其他人想要，我也可以送人。這就是我的使命。那咚咚的聲音，是我雕刻木偶時所發出的咒語。那是瓊斯皇帝的太鼓聲。啊！聽說在歐洲，太鼓原本就是寫成『咚咚』。哎呀！就是這樣……」

事實上，我差點昏倒。卻只說出：「我是一個孤兒，而且以唐木為姓。」老人當然驚訝不已。看起來他驚訝的程度比我還厲害。我默默站起來，同時把想要阻止我走的老人推倒，就跑出去了。

那一晚起，我感覺那咚咚聲更加激烈，令我變得更神經質了。我幾乎無法成眠，我也無法作畫。雖然我很想逃離，很想忘記一切，結果我的念頭還是回歸到他所謂最重要的東西。最重要的東西……對以前的我而言，毋庸置疑當然就是繪畫。但是有種無來由的不安，漸漸把我從繪畫中拉走。所謂繪畫，到底是什麼呢？

我開始習慣幾乎都在Tragic度過半天。但是，那裡的音樂不知不覺中也開始變成為「咚咚咚咚」的嘲笑聲。我絕望到忘記我自己。電車的聲音、人們的腳步聲，甚至連夜深人靜，都會聽到咚咚聲。我喝下溴藥劑，整個胃都惡化了。

在這樣的情況下，到底該從哪裡開始寫呢？我不得不認為這一週來，時間不是依照次序而過的。這一瞬間和另一瞬間，那一個才是先？我現在連這也無法區別。

（一九四八年四月二十五日）

虛妄

我不曾看她笑過。她好像少了牽動笑容所必要的肌肉。其實，我曾聽過她的笑聲。雖然很罕有，我聽到的是從她的喉嚨深處斷斷續續發生喀喀聲的微弱而不規則的氣息。不過那表情可以說是笑容嗎？原本她長得很美，可是支撐她臉部的某種東西突然崩塌了，以致好像面具般的那張臉和黑色衣服很搭配。黑色衣服也搭配掛在她胸前的火箭。那火箭是架在以七寶鑲嵌和唐草紋樣裝飾的金色台座上。她說那是拜占庭風格。那火箭和她那小而粗糙的手也很搭配。她經常用手指摸著火箭，發呆地凝視看不到的前方。連她看著人家的時候，好像她的視線會穿過那個人而將焦點延伸到背後的無限點。總之，她的存在很適合也很搭配她自己周遭的一切。

有時候，那個火箭發出好像折斷火柴的聲音後就會突然打開。每次我都看到一張男人的照片。自從我認識她以來，照片中的男人至少換過三次。這樣更換男人照片的方式和她也很適合。我甚至敢斷言，她自己恐怕都想不起來火箭裡的照片什麼時候更換過。所以她一直活在非難的累積中，每一個拋棄她的人都不會覺得有罪惡感。她好像一名囚犯般慢慢地、以不變的步調度過漫長的時間。她從所有跟自己接觸的人那裡主動接收侮辱和罪惡，邊把這些隱藏在面具的背後，邊又慷慨地投給那些人稱為自尊心的報酬。這樣使她一步又一步永遠落後的腳步，好像漸漸失去活在現世的基盤。她是否甚至連自己的名字也失去了呢？在此姑且就稱她為K吧！因為她已過世了，所以我相信沒有人的心會因這個名字而受打擾。

她真的犯下什麼罪了嗎？她不是只有徒步而已嗎？她不是只有竭盡全力成為一個順從的人而已嗎？儘管如此，她卻不得不承認自己的罪行。雖然她不了解意義卻不得不去背誦那句話。這到底怎麼一回事呢？對不合理的要求以正當的結果答覆，何罪之有呢？我差點也覺得她留在我心中的腳印很骯髒而想把它踩掉。所幸她死亡這件特別的事，反而讓我感到自尊心已被摧毀了。坦白說，這件事絕不會讓我感到自己的不當和罪惡。我想讓自己認為這些是理所當然，最後卻只得到一個念頭而已。因為死亡，她第一次留下跟自己不適合的事情。當然她並不是沒罪過。她是有罪的。不過，她只是像觸媒般毫無表情地支撐著，有如夢幻般虛構、非人格的我們所存在的樣式而已。

一言以敝之，那就是恐怖。縱使是別的人，當他感到自己完全被遺忘時，怎會不恐怖呢？甚至純粹被完全取代時，恐怖就變成憎惡了。我實在不想承認她的存在，如果可能的話，我希望否定所有的一切。假如我能夠斷言跟她有關的一切都是謊言，或說都是虛構的故事，不知有多好啊！仔細思考，我不是沒想過一切可能都是假的。也許我相信那只是一個空想也說不定。不過，我非常清楚有這種想法是非常卑劣。而且在那種卑劣感中，我不一定會否定自己一直相信她的存在是虛構的。真是沒辦法。至少在這個虛假的印象尚未消失在單調的灰色之前，雖然愛上她，在沒有拒絕的正當理由，實際上又存在著不得不拒絕的恐怖。我除了寫下自己的愚蠢外也別無他法。

那又好像是虛幻言語的美麗而已。她單調又確實的腳步，由於太過於單純以致幾乎沒有任何作用。如果所謂好像野獸般這句話意謂著輕率，也許也可以如此形容她吧！假如是家畜的話，她應該有機會笑。不過也說不定，她很熱情又順從地活在只有野獸的冷漠原野吧！如今說什麼都來不及了，假如可以用偽裝而活的話，那她應該選擇以虛構活下去就好了。我要繼續寫下去，……她絕對不笑。

當然她也試圖要笑。我認為希望讓她笑，應該是火箭裡那些男人最想要做的事吧！因為男人試圖讓她笑，所以她更無法平靜地以粗糙的手撫摸火箭。突然火箭發出聲音而打開，男人有種從裡頭反映出自己的臉的錯覺。他感到驕傲自滿，因為有種獨自住在沒有人可以進入的房間般傲慢且任性的感覺。雖然她的視線越過他而凝視遙遠的虛空，可是她也沒有忽視他額頭上顯現的焦躁。她知道該結束了。她試圖努力處理好並非第一次的絕望。她的臉漸漸失去原形。其結果，男人失去相對的期待感。她又不得不走向另一個男人。

我第一次認識她，是當時擺在火箭裡照片的男友M的家中。M是我的同學，他是一個身材高大，帶著神經質又活潑的人。簡單而言，可以說是具有現代風格的人。據說戰爭結束後從外地回來，跟她的丈夫在同一家公司工作。那是不久之後發生的事情。雖然我和M的交情不深，有一天三更半夜M突然跑來我家。他顯露出不知該如何是好的神情，拜託我讓他在家過夜。據他說，她是M的朋友，也是M的上司，課長的妻子，因為離家出走，跑到M的家中。但是M住的是小出租房間，沒有多餘的房間，所以M決定把房間讓給她過夜，自己跑到我家。我的心中有種受到侮辱的感覺，我的自尊心因他這種現代式的請託而受傷，其實我很想拒絕他，卻反而爽快地答應了。可恥的是，當我聽到她的故事時，我立刻感到一種骯髒的不安，或者應該說是男人利己主義的野獸性嫉妒，我對她離家出走卻選擇躲到M家，開始感到不安。也許這就是我內心不願意卻爽快同意他來我家過夜的理由吧！我認為那個同意確實根源於對一切的厭惡。實際上，K的故事真的讓人感到非常不愉快。M說得很簡單，我卻也不想再繼續聽下去。這種故事聽聽就夠了。我不想被他指責我竟用手把耳朵掩住，所以默默把他講的話當耳邊風。至少這種作法也可以成為我的一種辯解方式。我不得不說愚蠢的人愈愚蠢愈愛辯解，這種可惡的庸俗性使我的腦袋都混亂了。以同情心來蹂躪有罪的人，並且加以利用，再沒比這種事是更廉價的安慰了。

總之，K的丈夫的為人……首先我應該先說明，因為那個人是他的朋友，所以我不想去責難……聽說她的丈夫是一個如同野獸般具有強烈自我中心的人。他已婚並且在社會上擁有相當高的地位，卻迷戀剛從女校畢業、如孩子般不諳世事的她，忘了兩人的年齡有如父女般的差距，同時說服她跟著自己。之然後他拋棄妻子，遠走上海，產下一子，戰爭結束後就返國。沒想到返國後，又和前妻破鏡重圓。這也是造成她離家出走的原因，不過據說真正原因還是源自他們最初的相遇。M還提到有關她丈夫自私自利的幾件事，諸如因為兒子嚎啕大哭，他用被子蓋住兒子的臉差點悶死兒子；他認為她盯著年輕男子看太久，就用石頭扔她；最後弄到因為她沒有笑容，他竟說要殺死她。這兩、三件事算是平常稀鬆而已，然後M還說我們應該想辦法來救救她。他說：「這些都不是她的錯，你想想看，當時她只有十七歲啊！十七歲的少女怎知人心險惡？她還是很純真，就像一張白紙。一點小事情就會受傷，隨著年齡的增長，傷口愈來愈大。這不是她的錯。選擇逃跑是理所當然啊……！」

翌日，他介紹我認識她。當時她正在租屋處的廚房無精打采地洗碗。一看到我，她露出驚恐的表情，輕輕低下頭，急忙走出去。二十歲的她，看起來像是二十四、五歲。看到她那張憂鬱、一如M說故事中她的愚蠢表情，我感到心痛。我捫心自問，假如她果真值得同情，我又能怎樣？但是這種念頭根本毫無意義。在世上到處都有很多只關心而滿足於紫色蝴蝶結，或對以牧草做成的物品多愁善感的怪物。我試圖說服我自己，她只是一隻假裝天使的小貓，為了揮掉腦中的妄想，我猛烈地搖頭。不過，那奇妙的妄想，好像被自己的心痛所引誘，不但揮之不去，反而流入體內掉落到胃裡。當我離開M家時，我感受到異常的消化不良與絕望的胸悶，冒出黏答答的汗珠。

果然……我太了解M的個性了……M在那一晚之後，就不來我家過夜了。約一週後，我到M家去找他，M非常不好意思地講出長篇大論的愛啦！幸福啦！她坐在房間的角落，好像投射在牆壁上的影子般搖晃。啊！一切如我所預料。我對眼前的一切感到極大的羞恥，厭惡到幾乎都不開口就落荒而逃了。當然我認為那只不過是由於情緒所做的判斷而拒絕接受的自尊心。這種事很常見，雖然只是稍稍碰觸，其傷害卻出人意料的深。只要暫且不理會，就不至於造成問題。不久之後，我自然而然就會忘記所有的一切。

然而，大約三個月後，M又來找我了。這次我不能不帶點好意地歡迎他。也許因為看起來他很疲憊，又露出極為平庸的表情，讓我感到很愉快。他嘮嘮叨叨地又是發牢騷、又是哀訴，真是一個該被輕蔑的人。不過，聽他敘述當中，我不得不承認那個輕蔑增為兩倍回彈到我身上。因為被當成聽人家對自己情婦發牢騷的對象，實在是相當不光彩的事。原來他認為我是一個適合聽這種事的人嗎？M敘述的事，大致如下：

「我覺得Q的……自從K跟M在一起就改名為Q了……也不能只怪罪她的前夫。說實在的，我也是個受害者。真的太莫名其妙了。跟Q一起生活後，我確實變得不太正常了。原來愛情啦、戀愛啦並不是正常人會做的事。這句話好像還滿有道理的，我現在簡直無法相信人類這種東西了。總之，我被愚弄了。我只能說她真是很惡劣。簡單說，那個人就像一個精巧的機器人。你會相信嗎？她沒有感情、沒有理性，連個性都沒有。這是不是就像一個怪物？但是她可以有動作。真可怕……連一個小動作，她只要動一下都讓我覺得可怕。我尤其無法忍受她動不動就去撫摸火箭的動作。啊！我真的變得不太正常了。我當然不會去追求所謂永遠這東西。我滿足於短暫的享樂。但是付出的代價太高了。喂，你聽得懂嗎？……總之，那個人是不能笑。怎麼會這樣呢？但是這全都是事實，我實在受不了。怎麼會有不笑的女人……」

我忍不住反駁道：

「你到底有什麼需求？」

「需求？開什麼玩笑！你應該知道，為了她，我的工作很不順利。現在我成為一個形跡可疑的經紀人。你認為這是小事嗎？」

「我不知道。我根本不懂你所說的事有什麼意義。你有點只顧自己。」

「算啦！不要說我只顧自己。因為你不清楚Q的本性。因為你什麼都不知道，才會說出這樣的話。我很清楚，你的意思是說愛不是只要求對方付出，對不對？但是你不了解她。Q不僅沒有我想要的東西，甚至都不知道該如何接受。你懂嗎？那個人是一個機器人，是一個怪物。非常可恥的是，當和她上床時，我總有一種自瀆的感覺。你不覺得這令人很不愉快嗎？我無法忍受這種感覺。實在受不了……。」

「原來如此，好像多少有點明白了。不過，也許你所說的跟事實完全相反啊！因為你還沒深入了解她。」

當然我也不知道自己是否真的如此認為。只是反駁他，讓我感覺非常愉快。我心中就是有一種忍不住要反駁他的衝動。M則好像企圖讓我知道自己所扮演的這個可恥的角色，以冷淡的語調斷然說道「原來你什麼都不知道」的時候，我感覺自己好像受人家請託而熱心對他勸說。

「是的。我承認我什麼都不知道。但是我認為也不能說你就是已經知道了。你所謂的知道，指的到底又是什麼呢？可能是你意外地受到愚弄吧！雖然她對你的一切瞭如指掌，你卻只是盲目地團團轉，這是怎麼一回事呢？可能就是這種狀況吧！果真這樣的話，那就真的有趣，太滑稽可笑了。你說過她只有二十歲，你有沒有想過，那種年齡的人包藏著你這類對生活筋疲力竭的人所料想不到的什麼東西？這是有可能的。因此我認為你可能因為不了解她而生氣。對，就是這樣吧！不，一定就是這樣。有人因為自己所愛的女人不像機器人而生氣，這能夠理解，你卻因為她像一個機器人而生氣，這就奇怪了。如果是詩人倒是有可能，你就不適合了。難道你竟然像是詩人的人嗎？哼！應該是吧！你如此自以為是，也不問一問對方，卻因為她沒回答就生氣了，這些態度可就非常像不按牌理出牌的詩人了。你什麼道理都不懂，只聽到你的一大堆說詞，我對你的同情心都快沒了……」

可是，M只是更冷漠而頑固地宣稱：「你根本什麼都不知道。」

也許M的話是事實。實際上，我完全不了解她的個性，無論怎麼反駁都沒有用。我直到現在才發現，因為不想承認自己不了解她的個性，而認為M應該選擇更適當的言辭。可能是這樣吧！果真是這樣吧！M能不能說明他到底問她什麼？M能不能說明她到底回答什麼？現在我承認M的話未必是別人的事，甚至連她曾經存在的事實，也非常不可思議地讓人感到害怕。也許存在的並不是她，而是那些可憐男人滿腹的怨氣吧！如果她單純只是超越常識所能理解的話，就不至於那麼不可思議。在這世上真的可以理解的人到底存不存在呢？我們並不會對自己的手指頭感到恐懼，不會因為物體從上方落下而感到臉色蒼白。不過，當我們察覺得要求自己對這些事物有全新詮釋時，就會恐懼。那麼，她對我又有什麼要求呢？

假裝好人沒有任何意義。坦白說，當時我對她確實只存輕蔑和欺侮而已。半年後，從M那裡得知她又離家出走不久，我在車站偶然看到她，竟就厚臉皮地採取那種態度。

我冷不防拍拍她的肩膀，跟她搭訕。她大吃一驚，急忙向後退。不過，她看到我那狀似善良的臉……實際上，無論如何努力裝作邪惡，我的臉看起來還是很善良……她才放了心，傷心地向我點點頭。她透露出不要跟她講任何事情，一切她都知道了。她照例又去撫摸那個火箭，睜大眼睛抬頭看著我，好像看穿我心中所隱藏的心思。我確實不得不覺得自己心中隱藏著什麼，所以假裝善意，笨拙地故意微笑，帶她到附近的咖啡店。啊！我非常驕傲。我不知道自己怎會有這種念頭，陶醉於自己無聊的寬大。K啊！請原諒我！我從來不曾努力去了解妳，我相信，比起以自己的觀點，以別人的觀點來看是更偉大的行為。因為我們被教育成深信無論是正確的事情，還是惡劣的事情，把一切都當成不會超出經驗的想法才是好見解。真是愚昧的世界啊！天啊！因為你有常識，所以你一定是純潔。對我們來說，那常識也是可怕。是的。不……不是這樣。不是這樣。我不該被責備，理應沒理由被責備。我相信這種想法本身就非常愚昧。到底有什麼理由非說我是愚昧不可呢？判定的人才是被判定的人，詢問的人就是應該去回答的人，對不對？不如應該說我是實際存在。她的存在才是虛偽。無論這是真的或假的……。

店裡的窗戶很小，店內唱片的唱針好像是反方向地回轉，流洩著好似流汗的奇妙聲音。我們好像愚蠢到被這種聲音的效果所影響了。總之，流汗就好。那個可怕的聲音讓我感覺它在鼓勵我們，所有一切都遭愚昧所追逐，終至都成為愚昧，所以沒有任何人有必要去感到自己的愚昧。我們好像也放心了，一起坐在最裡頭的雅座，吃著不是真正的冰淇淋，開始交談。不，並非如此。說話的只有我，她只是順從地吃著冰淇淋而已。那也沒關係。問題就在於她過度順從的個性。我興奮又煩躁，M所說的「機器人」這個字眼，好像浮標般拚命想浮現出來，我卻抗拒不了。我熱中於假裝誇示卑屈、嘲笑善良，喋喋不休說到筋疲力竭。例如，包括這些話……。

「男人都是身在福中不知福。哼！連想要知道的意義也不懂。曾經有人這樣說過吧！從來不曾談論女人的男人不足為道。我不同意這句話。真的喔，M也是這種人吧！他真的就是這種人。之前，因為你離家出走，我還聽他訴苦，他真是很可恥。哼！他就是一個小丑！很無恥！他嘮嘮叨叨地讚美妳、誹謗妳，卻沒有提起真實的妳。其實他讚美或誹謗的就是他自己。妳討厭這些話嗎？什麼？妳不討厭啊？他只是愚笨而已。說什麼愛是盲目的，好無聊！對不對？妳也有同感吧！妳應該嘲笑他。主張男女平權之前，我們應該互相走到跟對方同樣的高度，尤其是男人……。」

她凝視我心中的心思。我退縮又退縮後，無意間說出不該說的話。

「總之，因為男人連肉慾的意義都不懂，因此只是利用女人來自慰……。」

這句話讓她不高興地閉上眼睛。我更得意洋洋地繼續說道：

「是的。最後男人只是把女人當作一個工具，卻常常責備成為工具的女人，所以女人不想出各種辦法也不行。稍稍假裝一下就可以，虛偽也可以。也許虛偽比較好吧！讓對方誤以為很了解妳，讓對方偷看妳最醜的部分，這方法是很有效的，那妳一定會被愛上。當然我的意思並不是說妳完全不善於這些方法。妳已經很成功了，妳讓兩個男人都愛上妳。我沒想到妳的手段這麼高明。有時候，我也有被妳引誘的感覺。妳給我一種很不尋常的衝擊。所以並不是妳不好，而是碰到妳的男人都非常下流。嗯，我相信妳一定會成功……。」

啊！決定性的瞬間到來了。我感覺到她稍微浮現出嘲笑的表情，當然這不可能發生。應該是我的誤解。我深切了解自己說出每一句話的愚昧，而且在這裡講出如此不堪的事實讓我感到很難過，以致我不能不憎恨她。我很想要突然用力敲桌子，或用力砸碎玻璃杯來懲罰她。但是我非常清楚這種行為的結果，被懲罰的人就是我自己。我不愉快極了。啊！我擁有的不只是這種感情而已吧！假如到了應該滅亡或淪落時，我想要親自動手。這是不是平庸的人常有的心態呢？看到自己毋需負責的人凋零時，心中卻感到喜悅，這是不是賤民對那人的侮蔑呢？啊！未免太陰險了。假如以粗鄙的言詞來表達的話，我下定決心要讓她成為我的女人。

「今後妳有什麼打算呢？」我步步進逼地說道：「我斷言現在妳能選擇的只有兩條路，當神或者去死，……當然我沒有空去干預妳的選擇，今日也不是我這種笨蛋可以生存的時代，我並不是要妳對我感恩。坦白說，我的苦痛是隨便在路邊就可以容易地找到蹂躪別人的快感。妳明白嗎？與其說妳笨，不如說妳太過於體貼了，那絕對不是不道德。我已經無法忍受了。很可怕，妳知道嗎？如果有一天，神和死都遺棄妳的話，妳知道嗎？如果妳無處可去的話……。」

話到這裡，當然是欲言又止。這些應該不是我捏造的虛假言詞吧！真實是無法以言語來表達。事實上，我對於那些有機會徹底蹂躪她的人嫉妒到有些痛苦。卑鄙的情慾讓我呼吸急促。不然，我怎會說出那種話呢？那種恬不知恥強逼她接受我的權利。

「我們這樣浪費時間也沒有意義。總之，今晚妳來我家吧，一起仔細考慮吧！首先妳必須要報復，我會協助妳。怎樣？妳願不願意？……」

天啊！我到底在說些什麼啊？我實在不敢相信，如果預期會有這種狀況，我不應該這樣說。至少我預計她會很抗拒。甚至憤然拒絕我。不過，她一言不發，只像在舔嘗冰淇淋般默默地點頭。我顫慄到起雞皮疙瘩。這不是比喻。那就是一個謎底揭曉後，緊跟而來的謎題帶給我生理上的恐怖感。這個女人到底是何方神聖呢？我驚慌地如此自問，感覺自己被打垮了，連站起來的力氣都沒了。之後，我們默默無言一起踏上回到我那簡陋屋子的道路了。

她立刻開始做些女人常做的瑣事。整理書桌、擦地板、整頓碗盤櫥櫃等，好像搬家後慌慌張張。她的動作正確，給我一種好像已經看習慣好幾年般的印象……我不需要隱藏我的任何感受，看到這些太過於日常到幾乎要忘記的工作，眼看著就要從我手中奪去而成為她的日常，我竟然有一種感動的驚訝。在單純的現實中，我有一種和她已經一起生活好幾年的錯覺，剛才那個醜陋的念頭不知不覺中也變成慵懶的快感。她那張長臉所浮現的憂鬱表情，在我看來也不過就像白痴般的無精打采罷了。何止如此，我很愚蠢卻得意洋洋地坦然認為，如果她動作更粗魯些、更懶惰些，一定更能長久引誘更多的男人。但是，我沒有勇氣，我膽小到受不了看她這樣。我很膽小，所以不得不請她休息一下。她當然立刻就停下來。她坐在門口一旁，露出無精打采又悲哀的表情。我想起在M家初次和她見面，突然有一種無法控制的憤怒油然而生。仔細思考，她的順從好像反而揭發出我的膽小。我希望她能給我另一種順從，例如，也許是那種像女僕般能滿足我虛榮心的順從。我的心裡變成有一種無聊的壞心眼。

「妳當然不會帶著遷出證明書在身上吧！」

她坦然地從她唯一帶來的手提包內拿出一張遷出證明書。我感覺自己的臉頓時變紅了。不只是因為羞恥，而是愚蠢的自尊心受到很深的傷害，因為自尊心受不了這種情況……。

是的，既然要寫的話，就把一切統統寫出來。我當然無法否認自己的愚蠢，但是我也不會再去做更愚蠢的事了。我決心認定她就是白痴，縱使她不是白痴……像她這種會帶著遷出證明書離家出走的行為……我認為她好像一頭野獸，完全不負責任，好似在有意識的夢中感到自暴自棄的心境。晚上，我理所當然地要求她上床。不，不是要求，而是企圖。我恣意玩弄她，只有她的眼中所顯露出來的那種奇妙又深刻的恐怖感，才能知道她不是天生的賣淫婦。我到底還是很在意她的眼神，這讓我感覺很不安。然而，箭在弦上已是不得不發，怎可能拒絕那種衝動呢？

天啊！到底怎麼回事呢？那是已存在的事實。猛然想起M所說的那句話，簡直就像自瀆行為般……她的牙齒在我耳邊發出「咯咯咯咯」的響聲，我突然感覺自己的心臟被咬碎，從腰椎那邊傳來一股紫黑色的麻痺感直冒到腦門。我被這種不快感襲擊得受不了，不由得抽身。從床邊滑落後，匆匆靠在窗邊。為了吐出黏在喉嚨的黏糊糊東西而吸進外面的冷空氣，急忙重新調整呼吸。啊！實在太難受了。縱使只是物體的存在也讓人難耐，連月光下沉重地發亮的白楊樹葉子，我也看不清。她也以受到驚嚇的動作穿上衣服，匆匆從床上起身，縮著肩膀不安地凝視著我。那樣不是叫人更難受嗎？我當下的心境怎能支撐別人的視線呢？緊接著我感到全身一陣惡寒，聲音顫抖，企圖離開她的視線。

「妳真是沉默寡言。說說話吧！妳來到這裡後一句話也沒說。好奇怪啊！」

不，我實在沒必要說這些話。難道她不是從一開始就不關心我嗎？連在黑暗中也無法阻斷她的視線。原本我並不期待她答覆，所以當她以非常順從的態度，似乎從她看著我背後的遙遠地方般，以軟弱的聲音回應時，我頓時如從沼泥底下不斷冒出氣泡般任意發怒。這自是理所當然，不是嗎？所謂軟弱的表現不過就是隨口說白話。我寧可她的聲音充滿開朗且具有現實的充實感。

「我應該說什麼呢？」

「什麼？不管怎麼說也會有很多話題吧！妳的私事啦！妳曾經做過什麼啦！妳有什麼遭遇啦！妳不必問我，也知道吧！」

「我覺得你早就知道我的事，不必再聽我說了。」

「我並不只是為了知道，才要聽妳說話。」

「現在我在這裡。除此之外，我什麼都不知道。」

忽然間，我竟有一種她可能只是存在於幻覺中的無常感，我甚至覺得她可能打算以自己的話作為她自己的想法，那就像她說的每一句話都會被吸進她自私的心象世界。

「妳愛M嗎？」

「我愛過他。」

「那麼為何拋棄他呢？」

「不曾屬於自己的東西，怎能說拋棄呢？」

她一如往常伸手想撫摸掛在胸前的火箭。可是她換衣服時，把火箭放在書桌上。她的手摸不到火箭嚇一大跳時，我突然想故意對她惡作劇。

「這樣就好。」

我邊說邊拿起擺在書桌上的火箭，把M的相片剝下來往窗外扔掉。他的相片在黑暗中好像玻璃片，瞬間一閃就不見了。偶然我發現火箭裡簡直最適合擺上我的相片，突然有一種難受到快死的感覺。她以好似呻吟的低聲說道：

「M也做過這樣的事。」

這事實對我真是太沉重了。我實在難以忍受這種扭曲，感到整個身體有如被撕裂般自責。假如可以的話，我希望能夠安慰她，或坦白告訴她我真正的心意並向她道歉。我認為自己果真這樣做，所有一切都會變成一個愚蠢的笑話，但她也一定會原諒我。我搖搖晃晃地走到床邊。她臉上瞬間浮現出恐怖與哀怨。我恢復正常，突然抓起床上的毛巾，鋪在地板上，然後從頭上蓋住，閉上眼睛。我當然睡不著。

到底怎麼回事啊！到這時候，到底我性急地在期待什麼事情發生呢？還會有什麼事發生呢？這般顯而易見的愚蠢，我還想硬推給別人或想跟別人互換位子，我真是太可恥了。

翌日早上，我眼睛一睜開就感到很悲哀。她已經準備好早餐，正在整理東西。後悔也來不及，不過我覺得她很可憐，心想至少也應該鼓勵她一下。不過，那時我實在太累了。假如我更有精神些，能夠恢復健康，我一定會讓她開心。在那種情形下，我只能沉默以對而已。我消沉地低下頭，一直被神經質的空想痛苦給進逼，只能勉勉強強握住沉重碗筷。是不是很可笑呢？其實我不討厭讓她看到我單純善良的一面。更可恥的是比起這些辯解，我自覺到縱使在最好的條件下，我也沒有任何可以安慰她的話，問題完全出在我自己，不是別人。我對於她到底有什麼認識呢？我根本不想要了解她，那麼我打算給她什麼？原來這些都只是接近她的藉口，我不是只想把她拉到我的腳下而已嗎？但是，甚至連這一點也失敗了，我更卑劣地強迫自己同意那些無聊的辯解。我終於明白M的話。「你根本什麼都不知道……」

不過，正因為在愚蠢至極當中，不也隱藏著快樂的結晶嗎？這是身為活潑的現代人M的話，這事實確實讓我感覺有一點小愉快。同時，我不得不感受到因為被M指責的事實而感到難以忍受的不愉快。我總覺自己應該去了解她，不經意往背後回頭，映入眼簾的卻是她的眼睛放空在不知何方的遙遠焦點上。我環視房間，很想哭。未完成的繪畫傾斜擺放在書架的角落，折好的舊褲子放在椅子上，書籤夾在書本中，一個月前拿來寫生用已枯乾的玫瑰花枝，鋼筆盆內的鋼筆，煙灰缸內的煙灰，我看到所有一切都像原本就該如此的存在。只有她躲在好像被挖得很深的異質空間裡。黑裙子下方看到一雙曲線性感的小腿，撫摸火箭的那隻粗糙的手，好像要吸引所有一切而緊閉的上嘴唇，看起來這些好像迷失方向而焦慮地想在早已習慣的平庸世界中消失。於是，突然，真的是突然，我覺得她非常可愛又可憐。雖然這心境突然帶給我很大的衝擊，我卻興奮地站起來。我的腦海中確實浮現出如此的句子，「不幸的人不僅只有妳，我也一樣。如果不努力互相了解，如果沒有永久想要重新找到對方的善意與意志……我相信只要彼此都具有這種意志力，兩個人就能互相了解。」是的，這就是正確的見解。只要有這個想法，就可以讓我滿意了吧！然而，當我想像她回答的下一個瞬間，我的心中忽然浮現所謂施恩的庸俗意識，以及賤民常有的城府。不過這僅僅是幾秒間的變化。反思這種愚蠢的心思前，我還是說出心中最初浮現的那句話。

「妳到底……」

但是，我認為講這樣就夠了。到底什麼時候我才能了解呢？我得等到看見她的哀怨或眼神才能了解嗎？她睜大眼睛立即變得冷漠的卑屈並滲入我的內臟。我想走到她跟前，卻走過她身旁而靠在窗邊，宛如是一個既定的行動。她急忙開始準備喝茶。我的感覺很糟糕。她到底值得我依賴嗎？還是我被依賴呢？我不得而知。我已了解她的一切，已經沒有需要詢問的問題了嗎？還是相反地一切都沒問，因為那是一個沒人找得出詢問方法的未知世界呢？看起來，她存在的事實已經是一切問題的根源。

但是，首先我應該察覺，在我問話時，為什麼她突然開始準備喝茶呢？如果那時候我能夠明白的話，事情就不至於變得這麼麻煩。多麼簡單明瞭的回答啊！我發現自己才是破舊的齒輪。豈止如此，我就是一輛失去車軸的車。我擔心的是，最後自己是否明白她以身體語言暗示的回答呢？

我掀開為參加秋季美展所畫的二十五號尺寸繪畫的畫布，我想比較這幾週來所畫素描的局部微妙感覺時，她為我倒了一杯茶，站在我背後一動也不動。

「妳了解繪畫嗎？」

我不經意問她時，突然興起一種我要以繪畫讓她知道我更優越於她的奇怪計畫。雖然費了各式各樣的心思，也許在我心深處一直希望她會愛上我。我一定就是這種男人。她好像難以立刻回答，陷入深思。我開始有點發怒了。就在那瞬間，她說了一句讓我吃驚的話……那句正確的話一下子就崩解我那卑鄙的計畫。

「說到繪畫之前，我們應該先知道所謂了解的意義。」

「是的，當然沒錯。」

突然，我心中滿溢驚嘆。這是很多畫家也沒有深思過的深奧真理。我在那瞬間變得老實了。

「理解所謂了解的意義，真的很困難。可是在發現困難的時候，幾乎已經知道什麼是了解。妳透過深刻的體驗看到的就是真正的了解。這不是很愉快嗎？我們有完全一致的想法。為什麼我一直都這麼恐懼呢？太可笑了。因為是M，因為M的幻影阻止我看到妳的個性。沒關係，我明白了。我們互相都是最佳的理解者……順便問一下，」我指著自己的畫，問道：「這幅畫如何呢？今年秋天我打算去參展。」

但是，我一邊看她一邊看畫，等待她回答時，我不得不感受到不安再次悄悄進入我心中。她的視線止不住，宛如看不到繪畫卻在尋找「無」，眼睛看的不是繪畫的表面，而是繪畫裡頭更深的地方。結果，這到底是不是我這個庸俗之物才會有的可恥誤解呢？原本我不是打算一口氣解決問題，讓她毫無懷疑我比她優越，強要期待她信賴我嗎？我以為能夠收到友愛的證明，連任何開端都沒有卻愚蠢地自以為了解她。這種狀況真是太難受了。陷入長時間的沉默後，她的視線漸漸變得模糊，代表困惑的動作又開始撫摸火箭時，我的不安終於開始成為實體，她的話有如肥皂泡般的聲音突然迎向我的臉而撞破。

「這是，風景畫啊……」

哎呀！我不由得將手中的畫筆扔在地板上。然後，一言不發地從房間衝出去。除此之外，我還能怎麼做呢？那時是對上班族而言已經晚了，對其他人而言還早的時段。我穿過行人稀少的街頭，毫無目的卻像一個趕著赴約會的人般匆匆而行，穿越馬路，通過公園，走過一座橋，無意間坐上電車。不知道為什麼，等到我察覺時，自己已經站在M為了工作經常來的酒店前。

那是位於大廈的地下室，是一個中國人經營的店。門口掛著一個寫著「青龍莊」，不顯眼的小木牌，店內洋溢著地下室特有的濕氣以及香味。我躊躇一下，幾乎就像是慣性，走下狹窄的樓梯。穿過好像黑暗倉庫般的地方，推開以毛氈裝飾的沉重大門的瞬間，由於突然傳來混濁的光線和悶熱中的哄笑聲，沒想到我竟一陣暈眩。沒有窗戶的店內，大白天也點著好幾盞電燈。櫃台的最裡面，M跟一個禿頭的中年男人邊喝啤酒邊低聲交談，一看到我，他立刻走到我身旁。

「喂，最近好嗎？喝一杯吧！啤酒！好不好？怎麼看起來不開心呢？認真工作就可以，也不要糾纏不休。跟我一起笑吧！啤酒與大笑就是最好的藥……。」

我們的視線就在他的哄笑聲中結合。他所說的話好像相機鏡頭，結合了很多片斷，在我的腦袋裡顯出影像。

「對啦！說到笑……」

他的表情突然變得很認真，緊張地問道：

「你遇到了嗎？」

我躊躇一下，默默地搖搖頭。

「原來如此……如今看來，雖然她是一個很奇怪的女人，道義上我不該抱怨她，我卻有一種有眼不識寶物而丟棄它的感覺。真是奇怪啊。話雖如此，我當然不想再跟她一起生活。」

「她為什麼離開你？」

「是我叫她走。只是這樣，我什麼理由也沒告訴她。我覺得自己實在受不了了。現在她到底在哪裡呢？不，我不要去想那些事，反正也無可奈何。我不值得她跟我在一起。」

突然有如靈光閃過腦海，我突然繼續問道：

「如果我叫她去死，她會不會去死啊？」

「什麼……」

我們的視線再次猛烈碰撞。M好像想探詢我的心意，邊把啤酒杯弄出「咯咯咯咯」的響聲邊盯著我。喝完又往杯內倒滿啤酒後，以責備的語調說道：

「你為什麼會跑來這裡呢？」

我默默不吭聲，一口氣喝完啤酒，就站起來。M因為喝了酒而閃爍的眼光，向我的眼睛追過來。我感受到一種不曾有的激烈憎惡感在自己內臟的黏膜中燃燒。

「你什麼都不知道。」

「什麼?」

他也站起來。他終於想到我可能有什麼事才會跑到這裡，突然擋住我的去路。我用力推開他，完全不顧他的喊叫，連頭都不回就急忙衝上樓梯，走在近正午的陽光下。我有點醉了，肩膀與腋下開始滲出汗水來，可能不是因為酒醉，而是因為憎惡，我走得愈快愈覺得腳步不穩。我在心中也邊走邊喊叫道：

「可惡、偽善者。」

不久，對M的憎惡感急速變為對她的存在的攻擊。不值得，怎麼一回事?誰有權利做這種判斷呢?所謂難以忍耐，到底是屬於誰的意識呢?平庸人怎會知道這種意識呢?

我匆忙地衝進屋內，看到她從不知哪裡找來的針，正靈巧地在縫補我的破舊襪子。書桌上並擺著兩雙已經補好的摺疊襪子。她斜斜地坐著，照射在頭上的陽光閃閃發亮，我偷偷窺視一下她的手。敞開的窗戶外頭有霧氣緩緩升起，她背後的玻璃花瓶發出米黃色的光輝，從來沒看過的一枝草本花像孩子般傾斜靠著花瓶邊緣。她的膝蓋上擺著一張報紙。一瞬間，我的憤怒轉變為深深的感動。啊！多麼合情合理的感情！我到底為何要生氣？我應該重新愛上她才對，是不是？我不該再做比這更愚蠢的事，也沒必要作為一個比這更平庸的人了吧！從平庸人的觀點來否定平庸人，根本毫無意義。我應該超越如此的自己。她難道不是唯一值得我愛的女人嗎？我應該正視她。我該做的不是拒絕她，而是發現她。在她帶著納悶的神情之前，我保持平衡，為迎接最後的憤怒轉變為感動和喜悅的瞬間而佇立。到底什麼事會去破壞這個明朗現實的協調呢？我打算在下一個瞬間露出笑容。我感覺自己的計畫確實將要成功了。然而，到底還有什麼不足的地方呢？

不過，啊！怎麼會這樣呢？如果再十秒。不，只要再五秒，至少書桌的腳或她能夠遮住我的視線的話，我的憤怒一定就消失得無影無蹤了。我猛然看到那個汙點，那個我擦拭後仍然看得出來的丟棄畫筆的痕跡，讓我心中一直壓縮的憤怒，就要衝破薄膜的縫隙而出了。那些紅色斑點在我眼中有如信號般一閃一閃地發光。突然我失去平衡，心中天搖地動。我有如被一種平庸的人想隱藏自己的愚蠢，卻成為更愚蠢的感情所壓抑，心中絕望到想哭出來，卻只能以囂張的態度、冷淡又驕傲自滿的語調，說出其實不想說卻又說出來、連自己都想痛苦拒絕和抱持疑問的每一句話。事實上，我幾乎無法理解自己如機器般說出來的話。

「妳，是的。我終於發現，總之妳就是一個沒有存在意義的假貨。我不會再被妳騙了。因為別人，妳才會成為妳。真是太無聊了吧！妳應該了解，人，有意義才會存在。我們都是對我們自己存在的意義自問自答後才會存在。我認為妳根本不會了解愛是什麼？愛就是想要了解的意志力。如此一來，愛才能夠存在，而且必須互相都愛上對方。然而，妳到底是什麼人呢？對我來說，妳就是無。妳就是零。我不會被妳欺騙。妳就是模仿人類的假貨。對不起，我已經無法再忍耐了。出去！給我出去！不，只是出去還不夠，妳應該消失，妳應該去死。這是我最後一次跟妳見面。我們已經沒有什麼好說了，拜託妳，趕快給我出去！快點給我去死！」

她臉色蒼白地抬起頭來，拿著針的手開始發抖。雖然我在心中也是用力握緊拳頭，咬緊牙關，假如她哭出來的話，我也有一種想趴在膝蓋上一起大哭的苦悶，可是我所說出的卻是違反心意的話，那只是一些聽到就難以忍受、非常卑劣的話而已。「不過，對啦！假如妳可以笑一笑的話……對啦！假如妳笑一笑的話……」

我自己努力想要笑，卻只發出喉嚨裡有一個被壓碎的空罐子般「嘩啦嘩啦」的聲音而已。

「就是說，假如妳可以笑一笑的話……我認為所有一切都可以重新開始。假如笑一笑的話……快笑吧！」

啊！我可以斷言。我很清楚那時候她並不想嘲笑我的愚蠢，而是很認真想回應我的要求。她很努力想要笑，拚命想要笑。不過，她整張臉都崩塌了。我覺得那個崩塌的面具很適合沖走我最後的期待。

她軟弱地低下頭，放下手中縫補的襪子，然後悲傷地拿下掛在牆壁的手提袋。啊！我也在做最後的努力。因為愚蠢所以做出愚蠢的結束。為什麼我不坦白說出自己的真心話呢？為什麼我不恢復屬於自己的言語呢？我只是顫慄地以違背真心的言語在哀訴而已。

「妳怎麼這樣？為什麼妳不願道歉呢？」

但是，她肩膀顫抖得很厲害，推開門出去，走入黑暗的走廊。我再度發出哀訴之聲，整個人靠著牆壁閉上眼睛。

「為什麼不願道歉呢？」

（一九四八年六月二十二日）

鴉沼

新、舊兩市鎮之間有一片方圓一里（大約四公里）的褐土草原。聽說鋪設鐵路時特地避開濕地，所以才會形成如此不均衡的城市。人們在潮濕的土地上成長，住在以黏土和黑色屋瓦蓋成有如發霉般的房舍，外頭則是由森嚴的城牆所圍繞。人們為了工作或做生意，好像螞蟻般不斷穿過已毫無作用的破舊城門，前往以紅色屋瓦和混凝土、鋼鐵建設而成的新市鎮。他們走的那條路也是跟鐵路一樣避開濕地，迂迴草原，比直線多出三倍之長。因為在草原上有一片好像原生動物般隨意擴張的細長沼澤，周圍的道路只得如此迂迴。不過殖民地特有的龐大重工業發展，不得不把那條路改變為一條直線路。幾年後，這裡應該會出現以鐵建造的理想道路橫過草原，那一帶將會變成完美的綠地，沼澤上則會漂浮著白色小船。實際上，那個歷史性的大工程從靠近新市鎮的某處已動工，圍繞沼澤的起伏丘陵附近也蓋起兩、三間房屋了。但是這一切都是過去的夢想。如今沼澤又恢復原貌，應該說是更腐朽了。因為沒有任何人想把這一切握在手中。

九月底……那個稱為「烏鴉」的沼澤，水色混濁成為深褐色。枯乾的水草像似化石上的裂縫般漂浮著。有時候水草還在搖動，那是因為從野獸屍體上浮現了氣泡。那天無風，天空晴朗到令人想咬緊牙關，太陽躲在自己照射出去的黃色光輝中。我相信已經沒有任何可以動的東西了。對著貧瘠紅土微弱求救的柳樹葉也已經掉落了。在沼澤旁如波浪般奇妙地搖來搖去的草原也已經乾枯。什麼都不動，連人也不動，連憂鬱地發出鞭打聲的牧人也不見了。野獸啊！在這裡可以睡得很安穩吧！

當夕陽西下，丘陵另一邊的城市紅屋頂上突然發出火焰，從大地溢出的呼吸在沼澤上方凍結成為霧氣，水草的根纏繞的屍體也停止腐爛時，你們群集把天空染成黑色而歸來。烏鴉啊！這些不可愛、也不孤高，而且也不美的白眼居民們……不知道是否想對因狡猾、憎惡、殘忍的顏色，不得不飛行於黑夜與白晝境界的命運，發誓報復，或為了在黑夜中成為更深的黑色，群集而叫喊。總之，牠們多次在沼澤上旋轉。難道這裡是憎惡的溫柔睡床嗎？

不過，如果惡夜結束的天亮，凝集於西伯利亞的空氣尚未充滿、連太陽也尚未衝破的黑霧時，假如有什麼叫醒你們沉睡的睡夢，擾亂沼澤水面的話……。

那是以一聲狼煙為信號。一九四五年，那個難忘的九月某一晚，在舊市鎮一角響起震耳欲聾的太鼓聲。群眾如吵雜的笛子聲般喧囂推倒城門，漆黑中向敗北者隱身的市鎮奮勇前進。殘障者、病人、瘋子一起陶醉在火藥味與暴民的夜晚。手榴彈破裂，人們的衣服被油淋濕，點上火。不過，已焦掉的手指頭仍然在敲鼓，嘶啞的呻吟聲也團結一致地發出響亮的吶喊聲。沼澤笑了，雖然尚未破曉，烏鴉也醒了，發出好似妖怪般的美麗叫聲，拍打著翅膀震動了水面。幾千隻的白眼被暴民所丟擲的火光而眨眼睛。啊！復仇之日是否已經到來了。

翌日早晨……這就是故事的開始。從遙遠的地平線上滲出透明的雲帶，在湛藍的天空上浮現出縱條紋輪廓時，一隻興奮不眠、高高飛揚的烏鴉一眼就看見，有一個年輕人俯臥在剛甦醒沼澤旁的枯草叢。這恐怕是昨夜遭暴民追趕而逃到這裡的吧！雖然他所穿的灰色長褲只有小小的破損，白棉衣的肩膀部分卻有很大的破洞，身上到處是青一塊紫一塊，傷口的血跡都已變黑了。看起來他好像被什麼絆倒似的，兩隻手肘好像撐住身體般張開，其間可以看到他蒼白臉龐的半邊。雖然不知道他是死是活，但是黑色的瞳孔被曙光照得閃閃發光。因為烏鴉展開復仇，熱血瞬間逆流了。牠突然收起翅膀，好像撕開早晨細緻的空氣般降落在地，立刻啄他的眼球。混入血液的半透明黏液從被撕裂的角膜不斷湧出來。雖然流出的血很少，那隻烏鴉以一種好像充滿情義的聲音召喚伙伴。一瞬間，幾千隻烏鴉振翅而飛，頓時樹上的葉子激烈搖動，沼澤的水面震動，使得已經褪色卻還躲在樹枝或隱蔽處的夜晚餘韻，捲起激烈漩渦。那名男子立刻被黑色的憎恨所覆蓋。他已經死了呢？還是只是昏倒而已？在烏鴉翅膀摩擦的沙沙聲中，交雜著撕裂肉體的聲音，不時還有令人生懼的嘶啞叫聲。此時，沼澤輕輕地起身，滿足地嘟噥道：

男子啊！此刻，假如你不甩掉那些啄破你肉體的烏鴉而站起來的話，假如你透過死亡回到超越矛盾的不可思議的物質狀態的話，男子啊！光榮就屬於你。等待一下吧！只要下一陣雨，腐敗的內臟就會被雨水沖到我的底下，不久就會變成美麗閃亮的銀色氣泡而湧現在水面上。縱使你還活著，縱使你向外界不斷放出關懷的眼神，男子啊！你不可以不知道我的力量。假如你能夠拒絕從憎恨中產生出來的愛，那麼就拒絕吧！

沼澤好像還想說些什麼，不過被突然好似從地底湧出的呻吟聲而打斷了。一隻烏鴉飛起來，拍打紫黑色翅膀發出危險信號。黑鴉鴉的漩渦立刻繚繞而上升，看起來好像所有的一切都不曾發生過，可是生性膽小又多疑的烏鴉，一眼就看見男子微微發抖。仔細一看，他還活著吧！烏鴉在他的上方以及沼澤附近小心盤旋兩、三次後就消失不見了。這一帶再度恢復寂靜。不知不覺間，陽光照射在枯葉或蜘蛛網的大小朝露上，發出閃耀的光輝。

剛好在此時，有人在另外的世界憂心地眺望烏鴉邊叫邊捲起黑色漩渦繚繞而升的樣子。那是在從新市鎮延伸到草原的道路途中，有一群前往沼澤方向的人群裡，其中有一個額頭寬廣、黑眼圈中浮現疲憊眼神的年輕姑娘。其實，疲憊不堪的人不只是那姑娘而已。那一群人好像拖著非常沉重的鞋子般沉重。不過我發現半數的人都是赤腳的，穿著襤褸的衣服，看起來好像很冷地彼此貼在一起，相互支撐著對方的身體。他們的目的地當然不是沼澤。原來他們都是聰明到已經預見城市的發展，所以偏偏選在靠近鴉沼附近蓋起兩、三間房屋的居民，如今延伸到圍繞鴉沼草原和丘陵群邊緣的道路終於要鋪設了。他們就是首先受到暴民攻擊、倖存下來的十一個人。他們的腳步沉重，但是他們的表情更凝重。他們的脖子如同秋天結實纍纍的樹枝承受不了重量，只能一直低著頭而無法抬起來。恐怕是昨晚的可怕經驗，讓他們連支撐臉上的表情都給忘了，還是擺在眼前的一切，讓他們的表情沒有接受的勇氣。不管怎樣，這都不足為怪。他們想要回去的家……不，現在已經不是家，只剩下痕跡。有一棟住宅完全燒毀，磚瓦之間還在冒煙，煙氣隨風繚繞上升。另一棟住宅雖然沒被燒毀，只剩柱子與牆壁，天花板的橫梁都不見了。還有一棟住宅只留下屋殼，別說是門和窗子，連地板都遭暴民破壞了。既然如此，這十一個人為何還要回到這裡呢？嗯，實在也不需要問這種問題。所謂回家就是……。

他們一言不發卻又不約而同地坐在三棟屋子中，損毀較不嚴重的住宅石階上。找不到地方可以坐下的人，只能站在周圍發呆。終究還是沒人想進去屋內看看，恐怕一直在回想那些不幸的人，來不及逃跑的人，被橫梁壓倒在地的人，被暴民亂棒打死的人……，他們至少不能不詛咒那些帶給自己痛苦和悲傷的人吧！他們肯定各自痛苦地想起昨晚所發生的情景。面孔扭曲的無數暴民，揚起棍子，露出猙獰的牙齒，而且是歡喜而陶醉的表情……。好不容易才從那些不斷響起的鼓聲與槍聲中逃跑，躲在郊區的漆黑下水道，邊發抖邊交換消息……每個人都痛失親人，每個人的悲傷都一樣。最重大的失落就是這樣吧。

不過，因烏鴉的叫聲而驚嚇失色的姑娘，現在也在道路上膽怯眺望沼澤，假如她的動作隱藏著別人所無法了解的深刻苦惱，不得不認為她比別人感受更深的悲傷，以致她的眼圈都變黑了，貼著杯子的嘴唇變得蒼白。當烏鴉啼叫時，姑娘心中暗忖，到底有什麼事要發生嗎？當東方的天空漸漸變黃時，烏鴉不是都已飛到遠方了嗎？如此現象讓她覺得不吉利到全身發抖。

當然，現在的時代沒有人會去迷信什麼奇蹟或預兆之類的事。不過，如果知道以下這件事的話，就不會覺得姑娘的不安有何奇怪了。姑娘和男友昨晚在鴉沼約會。前天她遇到他，是在火車站前的中央市場。

她有點驚恐，連自己都感得臉色蒼白，突然卻又覺得臉紅。她在心中期待已久，因期待太久到幾乎忘記了，而十年後不期而遇，他已經變成一個堂堂的男子；好像女孩般好看的嘴唇和閃著光芒的眼睛，很容易讓她想起當年弱不禁風的少年時期。她屏息地抬頭看他，瞬間如暴風雨般的不安與期待，結合語言和肉體之處，在兩人的心臟之間發出響聲了。

──真是沒想會在這種地方這樣遇到妳，連作夢都沒想到。我們幾年沒見了？妳變漂亮了，我差點認不出來。果然是妳！妳讓我想起以前的往事。

──我正好來這裡買鹽和油。你一切都好嗎？看起來很不錯啊！現在住在哪裡呢？

──真不知該先從哪裡說起才好。想說的事太多了，我們找個地方坐下來吧！這裡……。

──不行啦！弟弟在車站前等我。

──沒關係啦！一起去喝杯茶吧！

──今天真的不行。何況都四點了。一到五點，就開始戒嚴。我家很遠，在鴉沼附近。那裡很荒涼。

她一看到男子臉上忽然露出沮喪的神情，她懊惱地匆匆補上一句話。

——好啦！明天見，好不好？

——幾點？在哪裡？

——兩點鐘以後，在區公所附近。

熙來攘往的人群使兩人時而分離時而接近，不知不覺間佇立在市場的出口處。三輛大戰車在他們的面前通過，她不知說了什麼，但他聽不清楚，兩人互看對方沒來由地笑了。

翌日，他們一起在一家叫做Sun Rise的餐廳喝咖啡。不知何故他們的神情黯淡、交談的心情苦澀。男子凝視著她用叉子隨意地挖胡桃酥的手，終於開口說道：

——妳說不行，我也無可奈何，這是妳的意願，但是我會一直等妳。妳不來也可以，我沒有其他辦法。我從晚上八點等到天亮，會一直待在鴉沼的牧羊人小屋附近。現在妳不需要回答，我只想告訴妳這些。除此之外，我也不知該怎麼辦。沒想到明天妳竟然就要結婚了，昨天遇到妳時，如果我已經知道這件事，我們就不應該再見面。別離後的愛情，比相遇的愛情，不知快樂多少倍。我們已經十年不見了，我從軍隊退下來後，幾乎失去人生的目標，我卻為自己不曾有過的這種生命力感到吃驚。雖然在大連碼頭當苦力時，我認為那些閃著白色光輝的直線交叉、白色牆壁、白色道路的所有一切都成為我心中的一部分，幸福之歌即將到訪。有一天，我疲憊不堪地下工，回到簡陋房子的路上突然發現自己完全明白一切的意義。那裡就是我們一起讀過的小學前面，而且就是妳。當我發現這件事，我拋棄了所有一切。雖然我可以拋棄的就只是一路走過來的未來而已。聽說妳住在這城鎮，所以我就來到這裡。有一個在鐵路機關工作的朋友掩護我假裝為軍用列車的伙夫，這可是賭上一條命的事。不過講這些也沒用，不足為道。我就這樣打碎包著少年時代的種子厚殼。妳覺得裡面會是什麼呢？

他用雙手包裹某物，伸到姑娘面前突然打開給她看。兩人再度陷入短暫的沉默。然後她鬱卒地嘆一口氣，說了一句話：

——太遲了，一切都太遲了……。

她說得有點悲哀。聽得出來她帶著哽咽聲。此時，外面有一群武裝警察踏著鏗鏘有力的步伐走過去。他用手指頭細心描摹桌子上的蔓藤花紋。

——妳喜歡他嗎？難道不能重新開始嗎？縱使這樣也沒用吧！最重要的還是得珍惜人世間的情意和彼此之間的約定吧！不，這種事情完全不重要。最重要還是對人們、對世間、對所有一切的信賴，對悲哀、對喜悅的信賴。無論這些事多麼空泛也沒關係。把這些當作自己對未來的概念，把它理解為和自己有切身關係的一種意志力……我相信愛情。

——我也相信……不過，我難以相信可以重新開始。你的話當然是對的，但是，未來只是在我們觸摸之前確實是未來。一切都太遲了，如今重新開始也來不及了。

——妳的話才對。我們不得不接受事實。無論對宇宙、對人類、對所有一切，我只能大聲詢問妳在哪裡。這種熱情只能付諸於妳的肉體。毫無辦法。我們無法拒絕未來就在身邊崩壞。妳同意嗎？愛就是一種想要去了解的意志，不僅用頭腦，也要用眼睛、耳朵、手指頭、嘴唇，甚至全身的力量去了解。相反地想要被愛的欲望，就是一種想要了解自己的意志。這兩種意志同時並存。因此，人無法滿足於單方面的愛，所以不得不將自己和別人結合。當自愛與他愛無法並存時，愛就會變成憎惡。沒有所謂太遲了這種事。當我們捨棄事實就是事實的認知時，又該何去何從呢？我無法想像離開妳卻有愛的這種狀況。我只能說，只有妳才可以阻止我的愛變成憎惡。今晚我要在鴉沼等妳。沒關係，妳不需要回答。我只想告訴妳，除此之外，我沒有其他辦法。妳生氣了嗎？

——嗯，我可能有點生氣了，雖然自己也不知道在生氣什麼。如果你要求我回答，我也無法回答。我害怕你的溫柔，請不要再說了……。

兩人靜靜地互相看著對方，他們非常清楚這一瞬間有多麼重要。雖然感覺難以接受時間一刻又一刻地流逝，一邊為留下回憶而急於保存每一個瞬間，一邊又害怕如同漸漸覆蓋森林的冰河般時間的威力。終於，牆上的時鐘敲下四點的響聲。她的臉因絕望而抽搐，不顧四周的眼光從桌子上伸出雙手，聲音激動而顫抖地說道：

——你不要去！已經不行了。拜託你忘掉這一切。已經來不及了，你這樣做又能怎樣……。

——妳太自私了。

他的聲音也帶著顫抖，語調卻低到讓人感受到他的痛苦。

——妳打算讓我背負一切的責任嗎？雖然這是為了妳才這麼做，但是我受不了失去妳。我受不了！如果妳認為一切都是可以憑藉妳的自由意志來選擇，這種想法就大錯特錯了。無論如何妳都不可以有屬於妳自己的自由意志，因為我愛上的就是妳，妳不該如此要求我，我一定要去！我一定要去那裡等妳！

兩人不約而同地一齊站起來。外頭有很多從各地來的外國人群聚，小販拖著物品叫賣，西斜的夕陽穿過建築物的縫隙流洩在人山人海的街頭。塵埃中傳來一陣強烈的劣質油品氣味。大蒜襯托出肉類和麵粉的強烈混濁香味。五彩繽紛的假煙草，一綑一綑的豔麗人造絲，大量使用人工色素的饅頭堆，相繼出現卻沒規矩如神魂飄蕩的表情，這條道路很適合此時他們沉重心情的漂流。

我們再回到起始點吧！我們來看一看，烏鴉飛去後，被遺忘在沼澤邊的男子吧！他痛苦得渾身亂動，他沒死。因為身體感受不到其他感覺的疼痛，使得剛醒過來就開始叫喊。感到最痛的是左眼，因為被烏鴉啄到眼球裂開。不過，以疼痛來形容他的感覺，也許並不適切。渾身亂動而不斷呻吟，除此之外沒有任何詞彙可以用來表現出他當下整個人的感覺。沉重的、似乎像在抽筋或燒炙，有一個看不見的巨大物質壓在他身上而扭曲整個世界。他好像在游泳般彎曲身體，幸好還能從沒被烏鴉啄裂的右眼流下眼淚。男子好像一頭瀕死的野獸般呻吟。

不久，他本能地開始爬向沼澤，因恐怖與痛苦而濃縮的血液需要水。當他把臉伸長，把嘴唇伸向水面時，突然好像觸電般整個身體縮了一下。哎呀！水好冰呀！理所當然，已經九月底了。很快就到結冰的時節了。嗯，順便趁這時候，把炙熱的左眼冰敷一下吧！……他用雙腕支撐身體，探到水面，盡可能把臉沉入水中。這方法果然很有效。隨著左眼流下的液體在水中成為同心圓擴散、沉下，他覺得疼痛也擴散到水中而明顯緩和下來。他幾次換氣後繼續把臉沉入水中，終於冷到激烈發抖而站起來。他衝動地撕下衣服的邊緣，覆蓋左眼，另一塊布則作為繃帶，這樣做還不錯。陽光和煦，找一塊乾燥的凹地休息一下吧！這樣子的話，疼痛肯定會緩和些吧！他邊如此想著邊跌跌撞撞走了五、六步，突然整個膝蓋跪下去，呻吟地以雙手蓋住左眼，俯伏在一堆落葉中。

不知過了多久。天空突然開始沉重地變成銅色，好像有大風要吹來。遠方的草原邊緣，微微可以看到市鎮幾處火災後的煙霧變大，市鎮不時傳來槍聲，經過牆與牆之間的曲折後，隨著風吹過來。那個沒有統一的感情，在其他地方只會被認為好像是一個壞心眼老頭子的風，在沼澤上卻被一股真實的力量控制。水面好像原油般沉重地搖動，不經意間空氣中突然扭出令人討厭的聲音。那名年輕男子、憎惡之境的入侵者終於醒來了。他摸著感覺異樣沉重的眼眶，才想起自己受傷了。雖然疼痛，卻沒有先前那般痛楚。除了感到自己和地面好像被鎖鏈鎖在一起的壓迫感與灼熱感外，已經沒有先前那般不舒服了。他認為自己還忍得住這種痛苦。然後他站起來，邊踏著腳步邊環視自己周遭的景致，好冷啊！九月底的風一吹來，甚至會冷到手足有麻痺的感覺。他趕緊阻止無意識間慢慢開始後退到過去的腳步，然後以一隻眼睛凝視。對他來說，現實的一切都是激烈的挑戰。現在他所能夠做的，應該不是去保留一個又一個的意義，而是完整去詮釋那些意義而已。從丘陵轉到沼澤處有一間只有夏天才有牧羊人住的小屋，此時強烈浮現在他的腦海中。昨天他跟那位姑娘的對話斷斷續續出現，他一邊回味那些對話，一邊甚至連矛盾的絕望都忘記，轉身拖著腿，沿著沼澤搖搖晃晃走往小屋。然而，這並不是要證明他依舊存在的行為。他為了支撐身體，強忍住自己身體各處出乎意料的疲憊，終於要穿過低矮小屋的門口時，才感到一個打動他的心的承諾。其結果，所有的一切都只不過是言詞的瞬間、消滅的瞬間。然後他靜靜地傾耳聆聽時間流逝的聲音。那聲音好像對物質之於人類的憎惡起了共鳴，或一首軟弱無抵抗的世界之歌。

然而，草原的邊緣、丘陵的背後，人們只能在風中俯首低頭。那三棟屋舍被燒毀的居民也只能臉色更蒼白地低頭。他們開始模糊感受到新的煩惱和對行動的不安。誰又能預料想要有所行動，竟然成為這麼困難的事。何止如此，十一個人當中，不知有沒有人敢斷言自己真正體驗到自己的行動？他所體驗的也只是行動的幻想、行動的可能性，或僅止於行動的模仿，不是嗎？所謂自由之類，如果真像他們所認為那樣的話，所謂無論如何都應該去做的自己保存、自己承認的意志，為什麼把他們逼進只有饒舌的世界呢？終究只能借用別人的語言互相安慰，模仿別人的動作而枯萎，這種只有饒舌的世界，使得他們無法理解對方的意義，只能模模糊糊地凝視不知何處的一點，毫無自我意志地去動一動嘴唇和手而已吧！這個狀態如同一個忍受疼痛的人，毫無異議地一直去搖晃自己的身體。也許這比起沉默或茫然心痛更加激烈。我們當然不能去責難這種狀態。返回生存的無意義，不就是我們的幸福嗎？

不然，連他們都會以髒到變黑色的手指頭不斷揉一揉微微浮腫的眼睛，既不說話也無所顧慮，卻被唯一的可能性所吸引，那肯定就是一直凝視道路的那位姑娘了。她的耳朵聽得到的只有那名男子的腳步聲而已。她的嘴唇只為他的嘴唇而動。不過，當她的弟弟虛弱地坐在她身邊，暗自窺視她的臉，輕輕地推一下擺在她膝上的手，將眼睛張開到眼珠差點掉下來的她終於才回神，返回現實中。

——姊姊、姊姊，妳不舒服嗎？為什麼一直都默不吭聲呢？不要這樣嘛！這也沒辦法。

——沒事啦！我只是聽到烏鴉的叫聲。那聲音真是令人討厭……

——因為妳的婚禮辦不成嗎？

她無精打采地搖搖頭。可是少年真正想說的並不是這件事，假如姑娘真能以自己的眼睛讀出弟弟的表情，肯定不會沒看到弟弟的嘴唇帶著對她的不滿與焦躁。儘管弟弟謹慎小心地說話，還是讓她嚇到發抖。

——因為前天在市場遇到的那個人嗎？

他用力推了一下差點尖叫的姊姊的膝蓋，繼續說道：

——我看到了喔！那時候，原本打算讓妳大吃一驚，所以就站在妳的背後。對不對？就是那個人吧！我知道因為那個人，姊姊才會悶悶不樂。講給我聽啦！也許我可以幫忙。妳這樣悶悶不樂，我很擔心啊！原本我不想說出來，可是那個人真的很奇怪。昨晚，我看到他混在暴民群裡。真的！我看了。他大聲怒喊「鴉沼、鴉沼」。妳有沒有聽到呢？我好害怕。他到底是誰？講給我聽啦！妳在擔心他，是不是？

姑娘默默地搖搖頭，看著弟弟的臉。她想要給弟弟一個微笑，但是她微微牽動嘴唇就停下來，好像崩潰般把整張臉埋藏在手掌裡。少年看著姊姊的肩膀激烈地抽蓄，也許他已經明瞭了。他悄悄地從她身旁離去。

另一方面，大人依然持續在饒舌。啊！不過，祝福這些沒有夢想的人快樂吧！他們需要的既不是自由，也不是幸福，而是一間可以閉關窗子的屋子，只要有這麼一間屋子，就算永遠一直活下去也不會抱怨。不死確實就是活著。他們甚至相信，有那種一旦在社會中出現，就絕對不會消失的東西。雖然窗外什麼都看不到很痛苦，可是只要窗框裡有一張優質的玻璃，他們就心滿意足。什麼都不去實現，一切都有可能。啊！多麼嚴肅又節制的模仿倫理啊！他們才是毫無懷疑地就活著的人吧！實際上，眼看著在饒舌當中已經有好幾個計畫出現了。替死者挖掘墳墓、用木板把壞掉的窗戶覆蓋起來、修復水龍頭、建造爐灶，以及為今後的生活定下方針。當他們選出兩個年輕人去沼澤撿薪柴時，姑娘才抬頭向他們看過去。雖然他們什麼話都沒說，她的動作已經讓他們深深感動了。不知是否因為過多的光線讓姑娘的臉部看起來醜陋又憔悴。幸好那裡沒有鏡子。不然，人類一定會永遠忘記憤怒而發抖的人所發出的吶喊吧！

不知不覺又到黃昏，永無止盡重複的一天即將結束了。在鴉沼也是，其實比起其他地方還多一千倍更接近黃昏。所以呢，這裡的黃昏沒有倦怠感，不像是一天的結束，反而更像一天的頂點。假如我們希望的話，也許時間經常就會如此吧！在這裡，好像是從對面打著暗號把時間傳給人類的。不過，沼澤不慌不忙地站起來，把它自己染上鐵鏽般的顏色，開始唱起那一首憎惡之歌；烏鴉拍打著染上黑色之夢的翅膀飛回來。

——發生什麼事？有什麼事要發生嗎？

如此嘟囔的人，就是那名年輕男子。他為了冰鎮再度疼痛的眼睛從小屋走出來，剛好看到降落下來的沼澤主人。

——發生什麼事？當然啊！沒錯。不是到處都經常發生事情嗎？看一看吧！聽一聽吧！那就是跟世界如此存在一樣，非常真切的事實。但是，只有這些……原來那就是言語，不過言語終究不也是在預告自己的末日嗎？看一看吧！聽一聽吧！再轉頭嘲笑一下吧！

無法自制的鼓膜好像在真空中，聽到從自己戰慄的內心發出的聖靈之聲般，又好像魔王之眼從內部閃閃發光，表現出即將吞下男子般的那個沼澤。男子顫慄得全身發抖，側耳傾聽。

他聽到好像摳掉大地的痂時，所發出的沙沙聲，又好像折斷骨駭的手指頭所發出的聲響。男子被暗示所使，忍不住回頭看。他看到的是為撿薪柴、從丘陵後面走過來的兩個年輕人。他們聳著肩膀，嘟著嘴唇，追著不存在的心，好像一隻羊般拚命折斷柳樹或榆樹下的雜草，把枯樹葉集中在一起。他們好像被看不見卻突然碰觸到心臟表面的沼澤威力所壓制，連腳下發出很小的聲音也會小心注意，因此付出比平常兩倍多的力量和時間來完成工作。突然聽到不知是什麼野獸所發出的低低呻吟聲，接下來是一陣難以形容的偷笑聲。想必是風的惡作劇吧！但是，沼澤的手確實掐住了他們的心臟。他們兩人感到全身汗毛豎立，不約而同地抬起頭。他們撞見那名男子如野獸般的一隻眼睛。讓他們驚嚇的，一定不只是那一身異樣的裝扮吧！肯定還有從他背後所籠罩的沼澤妖氣。當他們瞥見男子時，好像事先商量好一樣抱著收穫物就急忙跑回去。不，應該說開始逃跑才適當。他們穿過第一座小丘陵，完全沒交談跳起來拔腿就跑。

風愈吹愈大，朝向北方站立幾乎都快沒辦法呼吸，沼澤的水面上捲起天真無邪的小小漣漪。深不可測的沼澤的偷笑，還在嘲笑那名依然沒有任何抑揚頓挫男子的笑臉嗎？還是跟他同調地一起笑呢？從如帶狀般的烏鴉群的一端，傳來淒厲的啼叫聲，突然擴及全部的黑色集團。一瞬間，不知什麼東西掉落在他的腳下。仔細一看，原來是烏鴉不知從哪裡叼來的一隻死老鼠。

男子默默地跪下，拉掉臉上的一塊布，用手汲水打算冰敷眼睛。每敷一次，他的身子都會縮一下而嘆口氣。水實在太冰冷。不知道因為水溫下降呢？還是疼痛緩和了呢？一片枯葉掉落在他的脖子上。天空的顏色變得混濁而不潔，一切的顏色都受不了自己的沉重而漸漸隱入地平線。他站起來，笨拙地把那塊布覆蓋在眼睛，不健康的嘴唇深處一直帶著笑。沼澤再度開始對他竊竊私語。

——喂！新伙伴！笑吧！你應該要笑。今天不也是很不錯的一天嗎？至少要保持遁逃的沉重……是的，你應該保持這種狀態。笑吧！你這個瘋子，就是我的伙伴！以你的憤怒撕裂所有一切的抵抗吧！難道不該停止對於神與獸之間的無限探索嗎？當那個探索結束時，當物質回復物質的本性時，……那就誕生了，嶄新的自己就要誕生了。

此時，大半的烏鴉都已降落，可是牠們突然轉向，發出空虛的啼叫，向一群從外國飄泊而來的烏鴉開始移動。忽然間幾千隻烏鴉互相纏繞，啄破眼睛，互相流血，複雜的曲線拉長，在淒厲的啼叫聲中多次交錯。不久，從那個漩渦中掉落幾隻滿身是血的烏鴉，這可能是一個信號吧？突然兩群烏鴉很不可思議地突然分開，從外國飄泊而來的烏鴉飛去天邊，默默地消失不見了。原本棲息在沼澤的烏鴉群也恢復秩序，飛降在低低的樹林上。不知為何只有一隻烏鴉還留在藍黑色的天空，瘋狂地飛去飛來。牠不時被強風吹跑卻立即恢復姿勢，牠好像跟看不到的仇敵在戰鬥。那隻烏鴉確實受傷了。不久，當即將消失的陽光照亮草原與天空的境界時，那隻戰鬥到疲憊不堪的烏鴉，可能想起該回老巢了，放鬆翅膀的瞬間，整個場子靜止下來，突然失去平衡的烏鴉旋轉後就掉落到沼澤中了。

夜來了。被奪走光亮的人們才知道報仇的時刻到了。唱歌吧！吹口哨吧！燃起我們的火吧！市鎮的暴民才會再度擊起令人胸悶的太鼓聲。在這種狀況下，不斷變蒼白的不是人，而是月光。何況暴民所焚燒的火並不代表喜悅。有槍聲，還有鐵被煮熔的聲音。九月的晚上感覺更冷了。

被奪走光亮的人們……，那十一個人也聽到暴民的擊敲聲，匆匆熄滅自己辛苦點燃的篝火。雖然沉默令人感到恐懼，卻已沒力氣從恐懼中逃跑。他們的瞳孔因黑暗與恐怖而擴張，他們不想思考卻不得不思考，只能凝視即將熄滅的紅色火焰，聚集在篝火旁一動也不動。啊！透過那紅色火焰，每個人都聯想到那個巨大、永遠的市鎮。

不過，那個頭髮凌亂，眼睛浮腫，嘴唇皸裂，手上髒汙，還不會被言語傷害，仍有餘地被愛打垮的姑娘……假如聽到前往沼澤撿薪柴男子的話，肯定就對了。怎麼還有理由躊躇呢？那名男子已經在沼澤過了一夜。他還留在那裡啊！他發瘋了嗎？這也沒關係。他理應有權利終身以瘋狂來束縛我。啊！有太多回憶了。被調皮的頑童敲打而哭泣的膽小鬼，被搶走帽子馬上就哭出來的他，我故意掐他時他臉上浮現如哀求般的愁眉苦臉，無論在杏樹下、在小學的校園、在下課後的乾燥操場，到處都看得見他的黑眼睛……，姑娘想起這些往事，感覺即將熄滅的紅色火焰好似他的叫聲。如果姑娘能夠傾耳聆聽夜晚，一定會聽到黑暗中從沼澤湧出的霧裡，滲入沼澤得意揚揚的歌聲。

——產出族長的那個種族，把完全滅絕而成為化石的言語消化到胃當中，人類啊！我喜歡你們。只要那石塊還在，人類的前途就充滿希望。啊！多麼出色的伙伴啊！一切都是言語，言語卻不是一切，這應該就是我們的暗號吧！不過，只要自己屬於一切，被可憐神明給予勇氣的地球就會抵抗，人類的肌膚太柔軟，以致被空想之刀刃觸摸也會血流如注，那與你們的胃實在太不相稱了。最多不過就是被我戳一下就入睡吧！今晚也不是那麼好處理啦……！

火熄滅之後，他們果然還是站起來把木片和粗草蓆鋪在沒有地板的房間，好似冰般寒冷的地上，然後坐在上面，當他們的眼睛一閉上，夜就執拗地打他們的耳朵，寒冷隨即刺痛他們全身的肌膚。然而，在這種狀況下，已經沒必要自己去叫喊，也沒必要互相刺傷。

事實上，有時候也有人會自己叫喊出來。例如在沼澤旁邊的那名男子。風在不知不覺中已經停下來，輪到夜的喧鬧聲登場了。深紅的月亮沉入沼澤中。就在一瞬間，鴉沼以王者之尊因這稀有的憎惡與愛情而顫慄，開始化為白色泡沫如霧般湧出來。霧愈來愈擴散，越過丘陵、越過田野、越過市鎮的屋頂，甚至籠罩瘋狂、陶醉的暴民的臉部。月亮不見了，鼓聲變小了，火災失去光輝了，人們的腳步變得不穩而踉蹌了。所有的一切生物都不知原由地感到疲憊、蒼白。除了姑娘外，其他十個人也都撐不下去而帶著一身的沉重負擔陷入睡眠了。當然啦！情緒激動、在黑暗中一直張著眼睛的姑娘，也許跟他們的沉睡並無兩樣。姑娘唯一知道的事情，就是那場霧的厚度把她與那名男子的距離逐漸縮小。於是，從遙遠傳來的叫喊聲貫穿她的耳朵，一如傳進那名男子耳朵的沼澤的叫喊聲，在真空中化為鳴動鼓膜的聲音。那妖豔之火依然在燃燒。她想起自己不過就是單純的一支「籤」而已。只要一被抽中，當然就只能變成一張紙片。原來她就只能抱持一個無法取回、已經過去、毫無用處的決定，站在那個被沼澤嘲笑、很快就消失的神明面前的人，不是嗎？

她毅然決然地站起來。不過卻感到從下方好像有什麼拉住她般沉重。她緊張地用力咬著嘴唇，試圖抵抗那個力量。在這種狀態下，她果真可以走過那條黑暗的道路嗎？幾乎連一條出路都沒有，眼前只有茫茫的枯乾草原，如乳液般的濃霧……由於激烈的抵抗，有如走在水中般搖晃，好不容易終於走到外頭。枯葉沙沙作響的悲哀，無法追趕人類感情的悲哀，這種沉重感……如果人類沒有享受恐怖的能力的話，她也是呆呆站在那裡不動，把所有一切的「籤」變更為死，肯定就不會張開已經閉上的眼睛直到天亮。

不過，姑娘很不幸地具有陶醉的能力。她能夠順從使自己消滅的魔力。她突然歇斯底里地用力踢著地上開始走了。沼澤之霧好似在模仿人心般，配合著清淡的月光，以不斷更換密度變化的美與恐怖引導姑娘。看！有溝渠、有堤防、有殘株，那又黑又大的物體就是丘陵。不久，姑娘已經爬上最後一座丘陵的頂上，摸著一棵幾乎都已腐朽的大榆樹。她感到樹皮有如同魚鱗般溼答答。

看起來宛如寂靜而毫無任何變化的時間裡，奇怪的是她在這一瞬間完全變為一支「籤」了。異樣的笑聲從沼澤底下湧出來。在沼澤上空，濃霧好像遭撕裂般靜靜地開始分裂。姑娘看到全身布滿月光的他佇立在那裡。

突然有一股無法計量的勇氣將她包起來，使出用盡力氣的可能性，飛快地從丘陵上衝下去。她被柳樹下的草絆倒，踩在腐朽的葉子上滑倒，膝蓋擦破，手上沾滿泥土，終於顫抖地站在他的背後。但是他默不作聲，也不回頭看。她愈來愈感到不安，反覆一次又一次單純地推理著。縱使因為落葉潮濕以致聽不到腳步聲，看到腳下有兩個影子，他怎不覺得奇怪呢？他聽不到我急促的呼吸聲嗎？還是他真的發瘋了呢？但是她不敢主動跟他說話，只是凝視著他的脖子到肩膀，自己卻不斷發抖。男子坐下，姑娘也跟著靜靜地坐下。在這幽暗的光景中，眼看著霧逐漸消散了。月亮縮著身子，漸漸變得更透明好似一面鏡子般在沼澤上方滑行，偶爾會傳來還沒死去的蟲類摩擦翅膀所發出的聲音。好像腐肉的亡靈般包裹閃著光輝的氣泡而漂浮的水草，有如磨得亮光光的漆器般漆黑。

不知道為何姑娘忽然開口說話。對姑娘而言，如果她剛強到能夠區別沉默和言語的話，應該就不敢跑到這裡吧！假如抱持這般細膩的心想要告知自己存在的意志，透過一直保持可怕的沉默，反而比引起有如喋喋不休般錯覺的眨眼睛更容易。她的眼睛由於被太靠近的他所遮擋，根本什麼都看不到。

——我帶了一個麵包來。

男子跳起來。用手背擦擦額頭，以混濁不清的獨眼盯著姑娘看。

——啊……。

——你傷得很嚴重啊！

她感受到一種深刻感傷的安心。所謂感傷，一如字面意思——因過多感情而滅亡。

——啊……。

無所謂開始，也無所謂結束。縱使永遠以手摸觸，人所能感受的也僅是抵抗與痛苦而已。

——我終於明白了。我愛的人只有你。

——啊……。

他伸出手，把即將掉落到沼澤的柳樹枝折斷，夾在手指頭間發出「啪哩啪啦」的響聲，然後一個接一個丟入水中。雖然很心疼，卻不想抗議，姑娘也默默地望著水面。從一群讓人奇妙地聯想到各種動物姿態的水草，緩緩地泛起小波浪，消失在岸邊。姑娘不知為何感動到流淚。

男子冷不防窺視一下她的臉，發出粗鄙的吃吃笑聲。姑娘愕然而後退，不由得感到震驚。

——怎麼了？

——啊……。

她終於好像已經明白一切事情般，默默地盯著男子的獨眼看，突然感到有一道光線照射進來。我為了抽「籤」而來。她凝視男子的眼神更強而有力。她勇敢下定決心，至少要喚醒男子的靈魂。激起他回想、求生、脫逃的意志，肯定是唯一的曙光。她希望將那道曙光投入他眼中，至少能夠萌生一個意志。姑娘感到因為自己這種堅強的意志，從內心發出光芒照耀自己的臉。

——會痛嗎？很痛吧！

——痛？嗯……。

——喂，回想一下前天的事，好不好？在Sun Rise……，我有些話忘記說了。

——嗯……。

——請原諒我。你會原諒我吧！

——求婚成為暴民的棍棒了。啊……。

——你明白什麼是永遠。只有在你的身旁，才會有永遠。我不會再說「太遲了」。你知道嗎？我們還來得及。

——永遠，啊……。好精采的台詞啊！

男子站起來，把一隻手放在受傷的眼睛上，以腳後跟為支點轉了一下，以手指頭指向沼澤。在斷斷續續地笑聲當中，自言自語道：

——哼，原來如此。妳白跑一趟了。為了買回，我需要付錢。但是我的錢包空空如也。真可憐！我們都變得很難看。哼！一起去吧！不是還來得及嗎？

——是的。還來得及。就如你所說的，沒有錯。沒有什麼「太遲了」之類的事。想起來了吧！那時候掛鐘剛好敲響四點的報時聲，對不對？掛在牆壁上那個很大的時鐘啊！桌上有一只青色花瓶，瓶內插著一朵沙漠之花，一朵乾枯的白色花。聽說那朵花從一開始就乾枯了，所以永遠不會乾枯。你想起了吧！你告訴我的呀！你還說我沒參加的那次同學會，會場上也有一朵那種花。我想說些那時候的故事給你聽。我想我一定也是從一開始就愛上你了。

——沙漠之花？啊……。

她覺得男子回頭看她的眼神中閃著光輝。雖然在月光下，很難看清楚被破布包住的大半個臉有什麼表情，姑娘卻不得不相信確實看到了光輝。一定要有光輝才行。不，光輝真實存在。男子好像努力在回想什麼似地凝視姑娘的臉，可是嘆一口氣後猶如哭泣般又笑起來了。他抬頭看天空，幾道細細的雲飄浮著，然後又把視線轉到丘陵背後的那一邊。

——啊！又有火災，正在燒著。

在丘陵背後，粉紅色的空氣裡浮現低垂的柳樹、彎曲的榆樹輪廓。但是火災地點應該是在很遠的地方，鼓聲也小到幾乎聽不見。那微弱的節奏反而使他們那一帶顯得異樣寂靜。男子的視線突然離開那裡，曲曲折折飛過徬徨。姑娘發現自己的眼神再也無法阻止他的衝動，以更強烈的語氣說道：

——火災……，昨晚我家被燒毀時，聽說你剛好來到附近，對不對？我弟弟看到你。那時候，如果你叫我一聲的話……。

——嗯……。

——怎麼了？你在想什麼……？

她難過到聲音都在顫抖，為了引起男子的注意，輕輕地撫摸他那幾乎沒力氣而發抖的手。沒想到他的手有如蜥蜴般敏捷緊緊握住姑娘的手。他彎著腰，那隻沒受傷的眼睛幾乎頂到姑娘的臉，又開始吃吃地偷笑起來。姑娘的記憶中對那種笑聲很熟悉，他小時候也常這樣笑。她不由得轉開臉，看到沼澤發出淒厲的光亮時，由於那笑聲未免太熟悉，不得不感到現在分隔她和他的恐怖感突然逼進了。姑娘用力甩開男子的手站起來，分不清是哪一方，兩人之間發生呻吟聲。踉蹌地走了兩、三步後，姑娘的眼睛已經失去意志的光輝，只剩下代表恐怖和斷絕的強烈色彩而已。

相反地，男子進一步走向她。雙手緊握，臉上發抖，為想看清楚姑娘的微妙表情，把只剩一隻眼睛的臉勉強轉向她，好像拚命在回想。姑娘看到這種情形，不得不相信男子又回心轉意了。事實上，看起來男子好像有所變化。好像猛然醒過來一樣，用力吞下口水，好像終於想起一切的樣子輕輕地說道：

——來！來我這裡。

他的聲音好像哀求般很軟弱。當他伸出雙手時，姑娘毫不考慮就衝進他的懷裡。激動地哽咽起來。她全身都感到他在發抖，幸福到幾乎要昏倒。那是一種不負所有的期待，超越所有期待的幸福感。而且她感受到這種幸福，不就是在她即將失去這個期待的瞬間嗎？男子把愛撫她腰部的手慢慢往上移，移到胸部、肩膀……，她也無法壓抑自己的激情。然後，他的手移到脖子，當姑娘恍然大悟的瞬間，感到自己的脖子被用力緊緊勒住。一切事情都來得太突然了。強烈暈眩、驚愕、衝擊。姑娘放聲大叫的同時，反射地用力推開他。下一刻，她懊悔地覺得若能這樣死去，不知該有多麼幸福！不過已經太遲了。出人意料他很快就鬆開手，好像要走向水底般搖晃著身體卻又往後踉蹌兩、三步。姑娘發現他的腳下有一根柳樹伸展出來很大的根部。兩人同時發出很短、乾枯、含混不清的喊叫聲，接著就傳來沼澤張開口的聲音。隨著每一次從那開口吐出「啵、啵」的空氣聲，男子就扭動身子漸漸沉下去直到不見。空虛的笑聲突然消失了。姑娘緊閉雙眼，把臉埋在雙手中，感覺全身凝固而變成一根硬邦邦的棍子。雖然連微風吹過葉子的聲音都聽不見，她的耳朵深處卻不斷傳來世界破碎般的激烈聲音。對她而言，這是比起所謂痛苦，更無邊無際的陶醉。

不知什麼時候月亮離開沼澤的上方，掛在市鎮的低空處。睡得迷迷糊糊的烏鴉，突然尖銳地叫了一聲。她突然醒過來，抬起頭看著男子沉下去那一帶有銀色大氣泡閃著光輝不斷湧出來。

——你終究沒有帶給我痛苦的權利。

很久以來找不到出口的眼淚，突然像潰堤般洶湧而出。

翌日清晨，天空終於轉藍時，狼狽的男人們從丘陵上，發現姑娘在看來還在睡夢中、蒼白、無精打采的沼澤旁，仍以昨晚的姿態坐著。姑娘呆呆地抬起頭看著他們，什麼都不知道。她被第一個衝過來的人，也就是她的未婚夫撐住而站起來，看來她已經失去控制自己肉體的力量，當未婚夫一鬆手，她整個人就倒下去。姑娘的臉變得讓人以為認錯人般的醜。不過，沒有任何人發現她的變化。

當老衰不堪的十一個人一起搖搖晃晃越過丘陵時，剛好太陽咂破色彩將陽光照射到大地上。看到太陽回來，烏鴉發出尖銳的啼叫聲。幾千隻烏鴉頓時成為黑色漩渦往西邊天空飛舞過去。

（一九四八年六月二十八日）

欽督魯與貓

由於連續兩晚失眠，欽督魯打算去辦公室，卻趴在桌上似睡非睡地打起盹兒。

直到傳來有人輕輕的敲門聲，他才醒來。

他想假裝聽不到，卻覺得那麼忌憚別人聽到的慎重聲可能有什麼重大事情，不得不對不斷傳來的敲門聲有所反應。他不由得起身站起來，沒想到踉蹌了兩、三步。他覺得自己的腦袋瓜變得遲鈍了。

原來是美達小姐。

她沒出聲，趕緊閃進來很快以左手把門拉上又鎖上，臉色蒼白地直盯著他看。

「陰謀。」

欽督魯並未回答，好像被她推開般的動作回到桌子旁，做出好像在考慮的模樣，然後說道：

「完全不知道妳在說什麼。」

「是嗎？無論怎麼說，我也不相信卡路瑪會做出背叛的事。大學教授真是不可靠。聽說那之後，他就忙著到處運動。原來他就是阿卡美迪無用論運動的主謀者。」

「我很睏啦！可是看來不去辦公室一趟，看一下情況是不行……。」

「哎呀！今天是星期天，感覺就更累。可是沒辦法，這樣萎靡不振可不行。那裡正在進行一場陰謀行動。弟弟剛剛才給我一個消息，說是卡路瑪從一點鐘起，在那裡舉辦阿卡美達無用論者的集會。千萬得注意，他們趁著阿卡美迪先生死去的機會，想要揭旗奮起。你到底有什麼打算啊？」

「原來如此，今天是星期天嗎？頭好痛。很想喝杯好咖啡。」

「哎呀！欽杜魯先生，你在生氣嗎？」

「不。坦白說，我聽不懂啦！我調職到這裡才第三天而已。一下子發生太多事情，我還沒有整理出頭緒。無論怎麼說我連續兩晚都失眠，不舒服到想嘔吐。」

「好吧！想喝咖啡，就帶你去一家好咖啡館。可是，你到底有什麼打算？那些人肯定會阻擋你。」

「沒關係。我只是一個推銷員，對任何人都是有益無害。何況阿卡美迪先生又已經……」

說到這裡，他忍不住結巴起來，她馬上接著他的話，說道：

「對，問題就在這裡。聽說卡路瑪懷疑阿卡美迪的死因，而且每次遇到人就故意拐彎抹角暗示這事有疑問。」

「不可能！」他忍不住大聲喊道，突然變得狼狽不堪，卻又佯裝平靜地說道：「不要再講這些了，一起去喝咖啡吧！」

欽督魯站起來，雖然並無意這樣做，只是習慣動作，不知不覺竟把美達拉到身旁時，他自己都嚇了一跳。

這時候，傳來五、六個人爬樓梯的粗重腳步聲。

兩人又面面相視，緊張地側耳傾聽。腳步聲確實往這邊走過來。不久，腳步聲在他房間前停下來，聽到有人嘰哩呱啦的吵雜聲，不過卻走過他房間，進入隔壁。

「他們為來收阿卡美迪先生的屍體吧！」

「還沒處理嗎？」

「嗯。」

欽督魯露出無法置信的神情皺著眉頭，靜靜傾聽隔壁的聲音，美達忽然心神不定，對他說道：

「我們走吧！事情既然已經過去，就忘掉吧！不要再擔心……阿卡美迪先生並不是死了，而是以自由之名離開特殊次元進入普遍次元而已，欽督魯先生剛才安慰我，現在我卻對你說這些話，真是很奇怪，我們走吧！」

「我根本不擔心，也不需要妳的安慰。只是覺得不舒服。」

「那還不是差不多。好啦！我們走吧！面對多如牛毛的問題時，轉換心情是很重要的。」

他倒也不是被美達所說的話動搖了，而是轉換心情確實很重要，所以就跟在她後頭，無意識地模仿她躡手躡腳的模樣，當他將要踏出房門時，從天花板傳來「喀」一聲，好像打翻了什麼東西。這聲音讓他想起幾乎忘掉的一隻怪老鼠，一想起這件事，好像酒入空腹般炙熱，一連串的記憶又在血管到處響起。

（今天，我非得想個辦法不可，這些鼠輩不只在牆壁鑽洞，說不定連我的鼻子都會被啃掉。好吧！趁著假日想辦法去弄一隻貓才行。什麼地方才能弄到貓呢？對！對！隧道路邊那家菜販有一隻貓，借個兩、三天，應該沒關係吧！）

他邊如此想著邊走出來，沒想到大門口停了一輛運屍車，插著一面印有市徽的市衛生課的旗子。美達一瞥見立刻回頭，以眼神暗示他，帶著興奮的語調說道：

「聽說阿卡美迪先生生前已經同意死後把自己的大體捐出來解剖，真是很現代化的想法。這不是每個人都做得到的。」

她的語調不像她所說的內容，而是充滿著痛苦，欽督魯忍不住有種想安慰她的衝動。

「沒關係，最近古怪的人都變得平凡了。這種事肯定會很常見。」

雖然天空有陽光，吹來的風卻帶著濕氣。臉與雙手都像抹上乳液般濕濕的。這種感覺好像過去的無數太陽化為細粉，每一粒細粉又化為眼淚逆流到眼睛裡。

「很遠嗎？」

「什麼很遠？」

「喝咖啡的地方。」

「馬上就到。」

一走到大馬路，風變得好像液體般潮濕，整座城市好像浸在水中。

巴西咖啡專賣店。

好像窺視窗般的櫥窗裡，有兩、三個裝滿咖啡豆的藍色玻璃杯，還有幾朵人造絲假花垂在各種顏色的帶子上，顯得花花綠綠。留著長長瀏海的中年老闆娘，站在好像吧台般擺著一排椅子的後方正在準備咖啡杯，並且露出潔白牙齒對著年輕男子微笑。

「這是送你的。」

老闆娘如此一說，把一顆牛軋糖放進咖啡杯，看起來這個摸著下巴的男人，應該是常來的熟客。這時候，他不知為何忽然回頭一看，立刻慌張站起來，以驚訝的語調說道：

「哎呀！欽督魯先生！」

美達立刻低聲說道：

「那是企畫部長柯蒙，我們的同事。」

這種說法，確實表現出她的人情練達。一時之間，欽督魯突然覺得自己好像真有同事，又恢復他生來就和藹可親的態度，有種可以談心的親近感。柯蒙離開座椅，表現出適切的禮貌並露出愉快的神情。

「實在太湊巧！作夢都沒想到會在這裡跟您碰面。事情真是太多了，一直很想跟您聚一聚。我還在想假如時間允許的話，今天想去拜訪您。哎呀！您到任都過了三天，卻還沒去拜訪，真是太失禮了。請坐，請這邊坐。」

「那裡，那裡，我在這裡就可以，讓您站著反而讓我覺得……應該是我先去向您打聲招呼才對。」

「怎麼這麼說呢？沒有的事。欽督魯先生住在美達小姐的鳥目莊，對不對？」

如此說著，猛然像是察覺美達也在場似地說道：「美達小姐也來了，真是太好了！」

美達瞬間給了一個頗有意味的眼神，欽督魯也回以周到的目光，並接受她的眼神。

「欽督魯先生，請這裡坐。」

「不客氣！柯蒙先生，您請坐。」

如此互讓一下那個看不出有什麼特別的座位後，終於就坐了。欽督魯居中，右側是美達，左側則是柯蒙。老闆娘從頭仔細看到尾，露出甚為感動的表情。

「老闆娘，我跟妳介紹，這位是新任的分店長欽督魯先生……」柯蒙張開雙手，好像要遮住探出身子露出驚訝表情的欽督魯的臉，說道：「關於那件事，容我待會兒詳細說明，先請等一下。」然後對老闆娘說道：「請拿出招牌咖啡……」

美達以一種不曾有過的嬌滴滴聲音，插嘴道：

「就是嘛！因為欽督魯先生想喝杯好咖啡，才特地帶他過來。」

「哎呀！真是太榮幸了。我剛剛炒好豆子。相信您一定會喜歡。如果您喝得慣，歡迎以後請多關照！」

「當然！」柯蒙堆滿笑臉環視一下，露出毫無意義的笑容說道：「那就要靠妳的技術和眼力囉！」

老闆娘開始準備杯子和茶匙。

柯蒙的表情突然變得很冷淡又公式化，低聲說道：

「其實，有件急事。總公司打電報來，正想立刻去拜訪您，沒想到在這裡碰到，運氣真好！麻煩先看一下電報，這裡有三封電報。然後我想跟您商量……」

第一封電報

阿卡美迪社長死了，詳情不明

第二封電報

任命欽督魯先生為分店長

第三封電報

明早前往

「怎麼會這樣？」

「真的。您被任命為分店長當天，社長死了。只能說這事太偶然，也太糟糕了。無論怎麼說，我們也說不出恭喜的話，反而要說往後辛苦您了。」

「卡沃特，是那位高級幹部嗎？」

「當然就是卡沃特理事長啊！」

「他要來做什麼呢？」

「是啊！」柯蒙壓低聲音，又說道：「這也是問題，但是……」

他正要繼續說下去時，咖啡端來了，香味撲鼻。欽督魯忍不住急忙喝了一口，有點被噎到，咖啡灑落膝上，一旁的美達趕緊伸手用白色手帕幫忙擦掉。

柯蒙等一切都處理妥當，繼續說道：

「話說，我們公司內部實在複雜到出人意料，我想欽督魯先生應該也有所察覺……」

「還不如說根本瘋了。」欽督魯突然想起不愉快的記憶，不由得皺起眉頭，又說道：「請不要說這種話。既然我擔任分店長，我絕不容許那些愚蠢的事。凡事都要健全、合理……」

他說到這裡，就說不下去了。因為柯蒙突然緊緊握住他的手腕，帶著富含深意的眼神猛搖頭。他非常清楚這種沉默的要求。

「請不要生氣。我們一起來面對，一起來處理吧！」

雖然柯蒙慢條斯理地說著，聲音中卻是充滿堅定和信心。欽督魯默默地把視線轉到杯子。

短暫沉默。

欽督魯喝完第二杯咖啡後，感覺腦子比較清楚些，沒由來突然開始發怒起來。

「總之……」

他停頓下來，好像在思索接下來該說什麼才好，柯蒙卻立刻接著說道：

「無論任何人都相信您絕不是殺人犯。我可以發誓！」

欽督魯嚇得不禁正要站起來時，美達從柯蒙的對面伸出手，輕輕地握住他的手腕。

「當然是這樣啊！我們都跟您站在同一陣線上，對不對？」

「當然是這樣。」柯蒙答道。

欽督魯的手腕受到來自兩方的重壓，感覺自己好像是真的罪犯般重重被打一拳。

（一九四九年三月九日）

*本作品未完成

小說精選

聽靈媒說：安部公房短篇小說集

2016年8月初版　定價：新臺幣360元

Printed in Taiwan.

著者　安部公房
譯者　林皎碧
　　　島田潔
總編輯　胡金倫
總經理　羅國俊
發行人　林載爵

出版者　聯經出版事業股份有限公司
地址　台北市基隆路一段180號4樓
編輯部地址　台北市基隆路一段180號4樓
叢書主編電話　(02)87876242轉227
台北聯經書房　台北市新生南路三段94號
電話　(02)23620308
台中分公司　台中市北區崇德路一段198號
暨門市電話　(04)22312023
台中電子信箱　e-mail：linking2@ms42.hinet.net
郵政劃撥帳戶第0100559-3號
郵撥電話　(02)23620308
印刷者　世和印製企業有限公司
總經銷　聯合發行股份有限公司
發行所　新北市新店區寶橋路235巷6弄6號2樓
電話　(02)29178022

叢書編輯　程道民
封面設計　朱疋

行政院新聞局出版事業登記證局版臺業字第0130號

本書如有缺頁，破損，倒裝請寄回台北聯經書房更換。　ISBN 978-957-08-4781-9 (平裝)
聯經網址：www.linkingbooks.com.tw
電子信箱：linking@udngroup.com

(REIBAI NO HANASHI YORI) DAI MITEI－ABE KOBO SHOKI TANPENSHU
by Kobo Abe

國家圖書館出版品預行編目資料

聽靈媒說：安部公房短篇小說集/安部公房著．
林皎碧、島田潔譯．初版．臺北市．聯經．2016年
8月（民105年）．304面．14.8×21公分（小說精選）

ISBN 978-957-08-4781-9（平裝）

861.57 105013564